Renate Sültz & Uwe H. Sültz

Ich war ihr Medium

–

Demenz – kein Weg führt zurück

BoD- Books on Demand

Norderstedt 2016

Bibliografische Information durch die Deutsche Nationalbibliothek

Die Deutsche Nationalbibliothek verzeichnet diese Publikation in der Deutschen Nationalbibliografie; detaillierte bibliografische Daten sind im Internet über http://dnb.dnb.de abrufbar.

© 2016 Renate Sültz & Uwe H. Sültz

Herstellung und Verlag:

BoD – Books on Demand, Norderstedt

ISBN 9783-7-32286-348

Inhalt:

007 Vorwort

011 Ich war ihr Medium

061 Demenz – kein Weg führt zurück

Als Zugabe folgen Geschichten aus unserem Buch

076 Ein Geist auf Wanderschaft

082 Botschaft aus dem Jenseits

087 Das Medium

093 Depression

097 Die Krankheit, die jeden schafft

103 Seelenraub

Vorwort

Paranormale Phänomene, Geister, Engelsbotschaften, Medium, Weltall, Sekte, Schicksal, Krankheit, Demenz, Macht und Depression… das alles soll in 2 Geschichten vorkommen? Auch noch mit wahrem Hintergrund? Dann lesen Sie einfach weiter, welche Schicksale dahinterstecken…

+ 6 Kurzgeschichten

Ich war ihr Medium

In München traf ich mich mit einem ehemaligen Schulfreund. Wir suchten für den TV-Sender ein, zwei Interviewer. Als ich sah, dass sich ein Schulfreund meldete, fuhr ich selbst kurzer Hand nach München. Wir trafen uns im Oktober, einen Abstecher auf das Oktoberfest sprach ich mit dem Sender ab. Ich wollte diese Gelegenheit für einen kleinen Bericht nutzen. Vielleicht würde Jörg ja gleichzeitig die Chance wahrnehmen, um sich für den Job gut zu positionieren. Etwas außerhalb trafen wir uns also in einem kleinen Hotel. Ein schönes Wochenende sollte es werden, zwei herrliche Tage erwartete ich. Aber es sollte alles ganz anders kommen.

Gegen 19 Uhr bin ich in München angekommen. Für die etwas über 1000 Kilometer benötigte ich etwa 12 Stunden von Westerland nach München. Etwas übermüdet traf ich im Hotel ein. Es sah recht gemütlich in der Vorhalle aus. Freundlich wurde ich empfangen. Auf einem Sofa saß ein Mann, seine Hände zitterten. Aber ich dachte nicht weiter darüber nach. „Zimmer 125, das liegt im ersten Stock, soll ich das Gepäck bringen lassen?", fragte die nette Rezeptionistin. „Das bekomme ich noch hin.", flachste ich. Ich nahm den Schlüssel und ging zur Treppe, etwas Bewegung tat nun gut, es hätte auch den Fahrstuhl gegeben. Aber wie gesagt, erste Etage.

„Uwe?", hörte ich, wie jemand meinen Vornamen flüsterte. „Uwe, bist du es?"

Ich drehte mich um, der Mann mit den zittrigen Händen schaute auf und lachte zaghaft. „Wie sehr ich mich freue, dich zu sehen.", sagte er. Ich erschrak. Es war Jörg. Wir waren doch im gleichen Alter. Er sah mindestens 15 Jahre älter aus, ich war sogar der ältere. Sofort fing ich mich und sagte: „Jörg, alter Schwede, ich war so in Gedanken. Ich freue mich riesig dich zu sehen." „Ist schon gut, Uwe, ich weiß, dass ich schlecht aussehe. Hast du trotzdem Zeit für mich?", fragte Jörg vorsichtig. „Ist doch klar, wir machen uns ein schönes Wochenende. Wie ist deine

Zimmernummer?" „Uwe, ich kann mir ein Zimmer nicht mehr leisten, entschuldige bitte." Ich erschrak wieder. Der Mann, der so erfolgreich war. Er fuhr Ferrari und AMG. Er bewegte doch so viel in seinem Leben. Ich verstand nichts mehr. Wir gingen zur Rezeption, dort wollte ich ein weiteres Zimmer anmieten. „Es tut mir sehr leid, aber wir sind ausgebucht. Daher haben wir ihnen schon das Doppelzimmer gegeben. Sie können aber zu zweit das Zimmer buchen.", schlug die Rezeptionistin vor. Nun, ich muss gestehen, das war mir zwar sehr unangenehm, aber ich willigte ein. Schließlich schliefen wir in der Jugendherberge auch in einem Raum, aber das ist immerhin schon über 40 Jahre her.

Auf dem Weg zum Zimmer bemerkte ich, wie orientierungslos Jörg war. Er war sogar eher ängstlich. Das Zimmer war großzügig eingerichtet. Zwei auseinandergeschobene Betten mit guter und fester Matratze. Zwei sehr bequeme Sessel mit einem kleinen Rundtisch. Die Hotelbar war gut gefüllt. Ich wusste bis dahin immer noch nicht, dass dies alles einmal für ein Wochenende wichtig sein würde. Auf dem Schreibtisch lagen Prospekte über München und so… sogar ein Pizzaservice, aber wer lässt sich schon eine Pizza aufs Zimmer bringen?

„Jörg, mein Freund, seit wann bist du in München?", fragte ich. „Seit drei Tagen." „Wo hast du geschlafen, Jörg?" „Unter der Brücke." Ich sah Jörg versteinert an, konnte nichts sagen. Ich packte meinen Koffer aus. „Ich lege mich für ein halbes Stündchen hin, Jörg. Benutze du ruhig schon das Badezimmer.", schlug ich vor. Auf dem Bett liegend dachte ich über Jörg nach. Er war nun im Bad, er schien es zu genießen. Ja, Jörg war immer ein erfolgreicher Mann. Er war doch eigentlich glücklich verheiratet mit Lisa. Es fehlte ihnen doch wirklich an nichts. Was war da passiert? Den Ehering trug er doch auch noch, ich wurde langsam neugierig und richtete mich auf ein längeres Gespräch ein. Die Küche hier im Hotel war bis um 23 geöffnet. Wir hatten also Zeit. Jörg und ich hatten etwa die gleiche Figur, ich lieh ihm Klamotten von mir. Als er aus dem Bad kam, erkannte ich den Jörg wieder, den ich eben kannte. Mit meinem weißen Hemd und der dunkelblauen Hose war er es. „Darf ich einmal dein Jackett überziehen?", fragte Jörg. „Na klar.", sagte ich. Er schaute sich immer wieder im Spiegel an, ging auf und ab. Dann legte er das Jackett ab, holte einen Bügel und hing es in den Schrank. So kannte ich Jörg, genau so.

„Jörg, was ist passiert?", wollte ich wissen. Wir setzten uns in die bequemen Sessel, öffneten die Hausbar und begannen zu reden.

„Nun Uwe, wir kennen uns jetzt bereits 50 Jahre. Erinnerst du dich, wir lernten uns im Krankenhaus kennen, die Mandeln wurden entfernt. Danach waren wir seit der ersten Klasse Freunde.", so Jörg. „Ja, ich erinnere mich ebenfalls. Man kann sagen, Arschbacke an Arschbacke für ein Jahrzehnt. Sogar danach haben wir uns nicht aus den Augen verloren.", sagte ich und schaute ihn dabei an. „Ja, das stimmt. Meine Lebensgeschichte ist filmreif… es ist wie ein Krimi… ich würde mein Leben gern öffentlich machen… als Warnung für alle zu gutgläubigen Menschen auf diesem Planeten.", sagte Jörg und faltete seine Hände. „Erzähle doch einfach drauflos, Jörg. Wenn du etwas veröffentlichen möchtest, so habe ich die Möglichkeit dazu.", meinte ich. Längst war mir klar, dass das Oktoberfest gestrichen war, mein Freund brauchte Hilfe. Er wollte einfach nur reden, reden, reden. Jörg weiter: „Meine Schulzeit verlief prächtig. Frühzeitig wurde ich sehr selbstständig. Im Nachhinein sehe ich dies natürlich auch von zwei Seiten. Denn mir hat man als Kind, welches nicht unbedingt geplant war, nicht sehr viel Zuwendung entgegen gebracht. Meine Mutter nahm damals etwa zwei Contergan-Schlaftabletten. Ich habe einen offenen Rücken, hätte frühzeitig in eine für mich bessere Richtung gelenkt werden müssen. Aber das geschah nicht.

Ab der fünften Klasse genoss ich meine angebliche Freiheit. Ich stand morgens um 6 Uhr auf… holte eine Kanne Öl aus dem Stall im Garten… sorgte für Wärme… schaltete das Küchenradio ein und freute mich über den RTL-Weckruf „Radio Luxemburg wünscht guten Morgen…"

Heute sehe ich alles etwas anders, denn man hätte auch zusammen ein Frühstück einnehmen können… zusammen den Tag besprechen können… so saß ich allein am Küchentisch in der kalten Küche. Entweder machte ich Schularbeiten oder ich dachte viel nach. Bereits damals passierten einige unerklärbare Dinge. So träumte ich von der anstehenden Mathearbeit. Wie gewohnt stand ich auf, holte das Mathebuch heraus und rechnete genau die Aufgaben aus, die Stunden später verteilt wurden… es gab für mich eine 1.

Der Ölofen hatte alles erwärmt, wenn meine Eltern und meine jüngere Schwester aufstehen würden. Da gab es kein in den Arm nehmen oder ein „ich hab' dich lieb". Meine Schwester wurde immer als die „kleine Maus" vorgezeigt. Auf Urlaubsbildern stand ich meist im Abseits. Die Zeit verging. Immer wieder gab es Ereignisse, die schwer zu erklären sind. Ich kaufte mir bei Quelle eine Digitaluhr. Diese hielt aber nur eine Woche. Wochenlang wurde sie repariert. Dann träumte ich, dass die Uhr heute mit der Post zurückgeschickt wurde. Ich träumte auch, dass sie dunkle Punkte am Chromgehäuse hatte. Als ich wach wurde raste ich im Schlafanzug zum Briefkasten... da war sie... mit dunklen Punkten. Später lernte ich, die Punkte waren Pilzkulturen vom Anfassen.

Mit 16 starb mein Großvater. Jetzt ging es zur Sache, der Hausumbau stand an. Wohlgemerkt, ich hätte aus gesundheitlichen Gründen gar nicht Steine und Beton tragen dürfen. Auch das Ausschachten und Rillenstemmen für Stromkabel hätte ich nicht erledigen dürfen. Aber es ist nun einmal geschehen. Noch machte mein Körper alles mit. Parallel dazu eröffnete mein Vater ein Fliesengeschäft. Auch dort wurde ich frühzeitig eingesetzt. Manchmal wogen die Kisten mit Fliesen bis zu 45 kg. Wie gesagt, noch machte meine Gesundheit mit. Mein Traumberuf damals war Pfarrer oder Verkäufer. Ich wollte mit Menschen zu tun haben, wollte helfen, reden und sah es gern, wenn andere sich freuten. Es wurde aber eine Lehre im elterlichen Betrieb. Die Trägerarbeiten gingen weiter. Oft fühlte ich mich wie ein „2. Wahl-Mensch" oder Handlager. Lob hörte ich sehr selten. Der finanzielle Ausgleich war gering. Manchmal sagten mir Familienangehörige, dass ich längst ein eigenes Haus hätte aufbauen können und dass die eingezahlte, wenige Rente mir einmal das Genick brechen wird. Ich kannte es aber nicht anders, ich dachte, Gott wird es schon wissen, wobei für mich mein Vater Gott war.

Ich kehrte oft in mich, schloss die Augen und genoss die Stille. Die besten Ideen hatte ich dabei. Das nennt man wohl Meditation, aber dieses Wort war mir noch fremd. Es half aber, mich zu beruhigen und mich zu finden… wenn du das verstehst?

Die Pubertät sollte mit Gewalt übersprungen werden. Am besten gleich alle Gefühle zu Mädchen. Ich entwickelte mich langsam zum Rebellen. Um in die Disco zu gelangen kletterte ich aus dem Fenster, natürlich erst nach getaner Arbeit.

Das war auch am Wochenende nicht anders. Zuerst der Laden, dann der Umbau. Während sich die Klicke schick machte, waren bei mir noch Steine hacken angesagt, danach noch schnell den Rasen schneiden. Ganz bewusst wurde nach Arbeit gesucht, um mich von den bösen Freiheiten fern zu halten. Ich wurde auch einmal Volljährig, aber das spielte keine Rolle, bei uns herrschten die Gesetze des Patriarchen. Es war aber auch die Zeit, als mir langsam bewusst wurde, dass Familie wichtig ist. Es kamen Ängste auf, den Zug der Normalität zu verpassen. Familienaufbau, Liebe und Zukunft gerieten in den Hintergrund. Hätte ich ein Kind mit einer Frau, so würde es von meiner überstarken Mutter großgezogen.

Steine schleppen an den Wochenenden, Ostern und Pfingsten standen im Vordergrund. Ich flüchtete mich in eine Traumwelt, ich schlief mit eigenen geführten Träumen ein. Es kam aber auch der Tag der Ausweglosigkeit. Ich dachte an Selbstmord. Mit Auspuffabgasen wäre dies wohl am besten zu realisieren gewesen.

Eines Nachts wurde ich wach und bemerkte, dass die Decke immer näher kam. Ich schwebte, drehte mich langsam um und sah meinen Körper im Bett liegen. Im gleichen Augenblick schoss mein Geist wieder zurück in meinen Körper. Ein Erlebnis, welches ich nie wieder vergessen sollte.

Ich lernte dann irgendwann eine Familie kennen, die meine Ideen und Arbeiten zu schätzen wussten. Dort bin ich wie ein Sohn aufgenommen worden. Ralf und Dirk wurden meine besten Freunde. Sie zeigten mir die „weite Welt". Sie teilten mit mir. Es war die Welt der Gastronomie. Ich konnte wirken und handeln wie ich wollte. Meine Träume konnte ich ausleben, riesige Musikanlagen aufbauen, mit Menschen zusammen sein, Discjockey sein… einfach einmal auf „dicke Hose" machen. Und die Mercedes-Flotte, 500 AMG usw., stand mir gut. Viele schöne und erfolgreiche Jahre erlebte ich dort. In meiner Familie dagegen wurde es immer unerträglicher. Meine Schwester entwickelte sich zu einem Menschen, den ich so nicht kannte. Ich wollte erst Monster sagen. Eifersucht, Neid und eine rechthaberische Art waren angesagt. Sie wurde auch zum Monster. Am Gesichtsausdruck aller Familienmitglieder wusste ich, woher der Wind wehte. Für mich hatte es Priorität immer freundlich und gutgelaunt zu sein. Herunterhängende Mundwinkel gab es bei mir nicht. Aber ich war wegen des geringen Einkommens vom Quartier meiner Eltern abhängig. Eine Freundin, die ich meiner Familie vorstellte, wurde mit „hat die aber Wurstbeine" abgestempelt. Ich weiß es wirklich nicht, was in diesen Köpfen vor sich ging. War es Eifersucht, Missgunst… aber auf was? Immer mehr zweifelte ich daran, der Sohn meiner Eltern zu sein. Ich wurde bestimmt in der Lotterie gewonnen… als Niete. In mir sah es jedoch ganz anders aus. Ich war voller Ideen und Kreativität. Meine Einstellung zum Leben sah auch völlig anders aus. So glaubte ich an ein Leben danach. Ich entwickelte meine eigenen Theorien. Immer wieder diskutierte ich mit unserem Pfarrer. „Es gibt zwei Götter.", sagte ich zu ihm. Erstaunt schaute er mich an. „Ja, der eine ist in meinem Herzen und der andere ist der Schöpfer von Allem."

Bereits in den 1970'er Jahren sagte ich in unserer Gruppe: „Wir drehen uns in unserer Milchstraße um ein Schwarzes Loch. Wartet noch ein paar Jahre ab, dann wird es entdeckt." Es war eine Diskussionsgruppe. Wir sprachen über außergewöhnliche Phänomene. Mit meinem hochwertigen Cassetten-Recorder besuchten wir einmal eine andere Gruppe. Es ging um Stimmen aus dem Jenseits auf Band. Jeder interpretierte auf seinem Billiggerät irgendwelche Informationen. Das lag daran, dass die Billiggeräte eine Automatik bei der Mikrofonaufnahme hatten. „Wir rufen dich, du Geist aus dem Jenseits. Wo liegt meine Brille?" Nun wartete man still ab. Der Recorder denkt: „Kommt da noch was?" Er regelt hoch, das Rauschen wird verstärkt. Danach interpretiert man Rauschen, räuspern, Türrenknarren usw. als Antworten. Nur mein teurer Nakamichi-Recorder nahm korrekt auf. Man schmiss mich aus der Gastgruppe. Dabei wollte ich einfach nur Antworten auf meine vielen

Fragen. Fragen, wie etwa: Woher kommen wir? Wohin geht es? Warum existiere ich? Für mich stand nach meinen bisherigen Erlebnissen fest, dass es da etwas geben muss… dass wir beobachtet werden… dass man vielleicht Kontakt aufnehmen kann. Es sollte keine Einbahnstraße sein. Nur wie nimmt man Kontakt auf? Wie sieht ein seriöser Weg aus? Nun, ich sollte noch viel mehr erleben."

Mittlerweile hatte die Hotelküche geschlossen. Immer mehr wurde mir klar, dass von Jörgs Seite noch viel mehr kommen wird. Ich durchblätterte vorsorglich die Werbung der Pizzeria. An Wochenenden hatte sie rund um die Uhr geöffnet. Ich wählte Quattro Formaggi, Pizzabrötchen mit Kräuterbutter und die zwei Liter Flasche Lambrusco. Jörg war so tief in seinem Gespräch, dass ich mich gleich für die Familiengröße entschied. „Entschuldige wenn ich dich unterbrochen habe, Jörg. Ich habe uns etwas zu Essen bestellt. Fahre bitte fort und was wurde aus Ralf und Dirk?", fragte ich.

Jörg weiter: „Mit den beiden erlebte ich die materielle Welt, die sehr schön war. Irgendwann trennten sich unsere Wege freundschaftlich. Beide wollten in Spanien ein neues Projekt eröffnen, ich war dazu zu feige. Außerdem wurden immer noch nicht meine Fragen beantwortet. Mit neuem Selbstbewusstsein kehrte ich in den Familienbetrieb zurück. Allerdings wurde es schnell wieder vernichtet. Meine Schwester bekam ein Kind. Jetzt merkte ich überdeutlich, dass meine großzügige Freiheit in den Kindertagen einfach nur ein Abschieben war. Es wurde alles für den kleinen Steffan getan. Wenn ich das so sage, dann meine ich auch, dass alles getan wurde. Es ist leichter aufzuzählen, was nicht getan wurde. Steffan war der Mittelpunkt der Familie. Aber wer so verwöhnt wird, entwickelt sich zur Lusche, zumindest wurde Steffan so. Wenn ich mit ihm später verabreden wollte, mussten erst Mutter und Vater gefragt werden, dabei war ich doch der Onkel. Keinesfalls war ich eifersüchtig, ich erkannte eben nur vieles. Und wenn die Frage kam „haste mal `ne

Mark?" konnte man nicht schnell genug den Wunsch erfüllen... ich habe mir die Mark noch verdienen müssen... entweder durch Gartenarbeit oder Hof fegen.

Immer tiefer vergrub ich mich in meine Träume. Dort begegnete ich den Menschen, die mir am Herzen lagen und längst nicht mehr auf dieser Welt lebten. Ich entwickelte mein eigenes Raumschiff, mit dem ich, als noch lebende Person, durch das Universum flog, um neue Freunde zu finden. Bereits früher suchte ich einen Weg, um mit Verstorbenen Kontakt aufzunehmen. Inspiriert von Rainer Holbes „Unglaubliche Geschichten-Serie" suchte ich mit dem Radio nach Antworten. Aber auch hier gab es keinen Erfolg. Mit meiner riesigen Musikanlage analysierte ich jedes Geräusch als natürliches Phänomen. Gleichzeitig las ich Bücher über Einstein, Stephen Hawking und Co.

So baute ich mir ein hochmodernes Raumschiff. Es konnte den Raum in Wellenform zusammenfalten und erreichte so eine theoretische Geschwindigkeit von

100-facher Lichtgeschwindigkeit. Ruck-zuck ist man am Ende des Universums... und dann? Für mich ging es weiter, da sind noch viele Universen und Paralleluniversen. Das alles spielte sich in einem noch größeren Raum ab... ich taufte ihn DAS OMNIUM. Vielleicht liege ich auch jetzt wieder richtig und in ein paar Jahren findet man es so heraus. Bei meinen Flugreisen wollte ich auf jeden Fall alle meine lieben Freunde um mich herum haben. Da wären meine Großeltern, Onkel, Tanten, aber auch John Wayne oder Käpt'n Kirk. Ich habe mir ganz einfach eine eigene Welt erschaffen. So ging ich tagsüber meiner Arbeit nach und freute mich abends auf meine Reisen durch das Universum.

Für mich waren der Weltraum, andere Dimensionen, Leben und Tod, Geister und viele unerklärliche Phänomene untrennbar miteinander verbunden. Erst Recht, als ich den Satz von Einstein las, dass nichts verloren geht, sondern nur umgewandelt wird. Unser energiereiches Gehirn und Denken wird somit umgewandelt in eine nächste Stufe oder Dimension. Und so konnte ich für meine mitfliegenden Freunde auch einen Platz schaffen, wo sie körperlos in einer Art Energiefeld mitfliegen konnten. In diesem Energiefeld befand sich ihr Geist, ihr Denken. Ein Sprachcomputer wandelte dann die Gedanken in akustische Sprache um. Ich war auf dem Weg zum Medium. Alles musste für mich erklärbar sein. Und wenn die Erklärungen noch so verrückt schienen, wer weiß schon, was richtig oder falsch ist. Schließlich haben wir Intelligenz um zu denken… es war eben meine Welt und ich schädigte ja niemanden.

Meine Überlegungen teilte ich tatsächlich nur mit einer Person. Mit 17 lernte ich beruflich eine Ärztin kennen. Nach getaner Arbeit diskutierten wir bis in die Morgenstunden über Gott und die Welt. Sie war fasziniert von meinen Überlegungen. Mich machte das sehr stolz. Endlich gab es jemanden, der mich versteht. Lisa war ebenfalls auf der Suche nach Antworten. Wir trafen uns etwa zwei Mal im Jahr und tauschten uns aus. Was die Nachbarn dabei dachten, war uns völlig egal, denn es wurde immer weit nach Mitternacht."

Weit nach Mitternacht war es für Jörg und mich ebenfalls. Die Pizza und den Wein genossen wir ganz nebenbei. „Jörg, deine Geschichte könnte wirklich von vielen gelesen werden. Wir lassen das Oktoberfest ausfallen und morgen Früh reden wir weiter, ist das OK für dich?", fragte ich Jörg. Er willigte erfreut ein. Laut schnarchend verschwand Jörg dann wohl auch in sein Raumschiff und legte sich neben mich. Auch ich dämmerte dann mit guten Träumen ein. In drei Tagen hatte meine Frau Geburtstag und ich überlegte was ich ihr schenken könnte.

Um 9 Uhr gingen Jörg und ich zum Frühstücken. Jörg war schon viel lockerer. Wenn sein Lebenswille, sein Ehrgeiz wieder aktiviert wäre, dann würde ich ihn sofort für den gesuchten Job vorschlagen. Um ein neues Leben nicht immer mit der Vergangenheit in Verbindung zu bringen, einigten wir uns, den Namen zu ändern. Jörg heißt also gar nicht Jörg, aber das tut letztendlich nichts zur Sache. Ein Menü bestellten wir für 14 Uhr auf unser Zimmer, denn jetzt ging es weiter.

„Ja, Jörg, du sprachst von einer Ärztin. Welches Tätigungsfeld hatte sie?", fragte ich. „Zahnmedizin. Sie stellte sich ebenfalls die Frage „woher und wohin". Als ich 32 Jahre alt war bemerkte ich eine Veränderung an Lisa. Sie war krank. Ich kannte Lisa als sehr großzügige Frau. Für meine Arbeiten wurde ich gut bezahlt. Außerdem gab sie mir eine kleine Zuwendung zum Studium, denn Lisa sagte immer: „Ausbildung ist das Wichtigste im Leben!"

Lisa hatte übrigens zwei Töchter, darüber werde ich später noch etwas sagen müssen. Jetzt wollte sie noch intensiver von meinen Überlegungen wissen. Sie wollte wissen, ob ich an UFOs glaube... sie wollte etwas über Alpha Centauri wissen... und noch viel mehr. Ich sagte ihr meine Meinung dazu. Natürlich wird es Außerirdische geben, das Universum ist viel zu groß für uns alleine. Da wird schon ein großer Plan dahinter stecken. Ich glaube auch an Raumschiffe. Es wird bestimmt schon vor uns hochintelligente Wesen irgendwo im Universum gegeben haben und auch noch geben werden, die mit Raumschiffen unterwegs sind. Und ich glaube auch, dass es nach unserem eigenen Leben weitergeht, vielleicht nicht, oder doch, mit einem Körper, aber ganz bestimmt als Geist. Stellte ich meiner, ach so intelligenten Familie, diese Fragen, so folgte entweder desinteressiert oder hochnäsig die Antwort „wo sollen denn die alle hin?", der Weltraum ist doch viel zu klein. Für mich bedeutete diese Antwort, dass hinter dem Mond Schluss ist mit den Tiefen des Weltalls. Und dann gibt es ja auch noch den feinen Unterschied zwischen Weltraum und Universum, erst Recht mit meinem Omnium.

Lisa war wohl mit meinen Antworten zufrieden, aber wohl gemerkt, es waren meine ganz persönlichen Überlegungen. Tage später hielt mich Lisa in ihrem Mercedes an, eine Mitfahrerin drehte die Scheibe herunter. „Gerda, das ist er, das ist Jörg, er weiß alles aus dem Weltraum. Jörg, kannst du am Abend zu uns kommen?" „Natürlich", antwortete ich.

Gegen 20 Uhr trafen wir uns. Eine fröhliche Lisa öffnete die Tür, was mich wiederum freute, dass Lisa wieder gesund schien. Im Wohnzimmer begrüßte ich dann Gerda. Recht ungewöhnlich begann der Abend... mit einem Gebet. Aber das ist auch gut so, ich glaube an Gott und gebetet habe ich schon lange nicht mehr. Aber was heißt gebetet? In meinen Überlegungen und inneren Diskussionen spreche ich ständig mit Gott. Wir diskutierten über den Weltraum. Immer wieder warf Gerda Dinge ein, die für mich völlig unlogisch klingen. Außerirdische seien bereits unter uns. Alfa Centauri sei ihre Heimat. Hinter dem Mars wartet ein Raumschiff. Ich versuchte klarzumachen, dass der Weg doch zu weit sei. Außerdem könne man doch in der heutigen Welt nichts mehr verschweigen. Dabei dachte ich an Rosswell, was auch immer dort passiert ist. Ich verwies dann darauf, dass jeder seine Meinung haben darf, dem anderen nichts aufzwängt und jede Diskussion positiv enden sollte. Zum Abschluss führten wir eine geführte Meditation von Silvia Wallimann durch.

Dazu muss ich sagen, dass mir diese geführten Meditationen von ihr gefallen. Beruhigende Klänge mit einer sehr angenehmen Stimme. Ich konnte dieser Meditation folgen und war danach völlig entspannt. Ganz gleich ob Silvia Wallimann nun von Lichtwesen oder Engeln spricht… jeder so wie er es will.

Einige Zeit später wurde ich wieder eingeladen. Dieses Mal waren sechs Personen anwesend. Es wurde munter diskutiert. Eine weitere Meditation gab es von Slvia Wallimann, Kerzen brannten, alle waren übermäßig freundlich zueinander. Zuerst fühlte ich mich gut aufgehoben, schließlich suchte ich nach Geborgenheit und Anerkennung. Mir war nur eben alles zu aalglatt. Waren meine Zweifel berechtigt?

Einige Tage vergingen. Lisa erzählte mir brandneue News aus erster Hand. Sie habe jemanden kennengelernt, Traudel, die von Außerirdischen abgeholt wurde. Statt zu jubeln erschrak ich und war irritiert. Sollte alles so einfach sein? Lisa erzählte, dass sie verzweifelt und krank war. „Ich bin hoch verschuldet. Ein angeblich guter Freund verkaufte mir Wohnungen, die für meine Rente sein sollten. Viel zu spät merkte ich, dass ich viel zu viele dieser unverkäuflichen Wohnungen gekauft hatte. Nun bin ich bankrott. Aber mir wird geholfen, denn ich darf auch in 100 Tagen in dieses Raumschiff. Irdische Dinge sind nun völlig egal.", sagte Lisa. Ich konnte das alles nicht glauben.

Beim nächsten Treffen kamen zehn Personen. Jemand musste hier das Ganze zum Ende bringen. Die superintelligente Tochter von Lisa, der absolute Stolz der Familie, die Frau, die mit allem und jedem fertig wird, kam herein, ging wieder und versagte. Statt diesem Treiben ein Ende zu bereiten, auch beim Schuldenabbau behilflich zu sein, wollte sie davon nichts wissen. Beim nächsten Treffen war ich wieder dabei. Es war die nächste Stufe. Wir saßen in einem Kreis, meditierten, plötzlich sprach Gerda: „Geist aus der Ferne. Wer bist du. Kommst du mit einer Botschaft der Engel?" Ich blinzelte und sah jeden an. Jetzt dachte ich, ein anderer würde sprechen.

Aber Gerda sprach weiter: „Ja, wir bringen Botschaften. Ich bin Paul aus der fünften Ebene. Bald werdet ihr befreit sein, noch 100 Tage. Das Raumschiff nimmt nur die Guten mit, ihr seid dabei."

Es wurde gejubelt. Ohne Physik ging bei mir gar nichts. Es stimmt, ich habe auch Stimmen im Kopf. Aber sind es meine eigenen Überlegungen? Kann es der „Siebte Sinn" sein? Sind es Warnungen, wie der Instinkt bei Tieren? Auf jeden Fall wollte ich Lisa beistehen, wenn es schon nicht die Töchter taten. Lisa war immer sehr großzügig mir gegenüber. Irgendwie fühlte ich mich verpflichtet, ich war auch sehr dankbar, ich verehrte sie auch.

Ein nächstes Treffen fand in Norddeutschland statt. Auch ich wurde eingeladen. Mittlerweile hielt ich mich mit meinen Äußerungen über UFOs usw. stark zurück. Eine der Schwestern, so nannte man sich jetzt, Brüder und Schwestern, nähte für Lisa und mich blaue Kutten. Nur so durften wir Traudel kennen lernen. Es war ein großer Saal. Etwa 100 Personen fanden sich ein. Mit einem Gebet und einer Meditation begann alles. Nun aber nicht mehr Silvia Wallimann, sondern eine freie Meditation mit den Worten von Traudel, ohne Klänge. Später erfuhr ich, dass Lisa die Cassetten von Silvia Wallimann von einem Verlag bestellt hatte. Dieser Weg hatte mir ja gefallen, aber was kam jetzt?

Nun begann Traudel von ihrem Erlebnis zu berichten. „Die Außerirdischen holten mich auf ihr Raumschiff. Ich wurde untersucht. Man gab mir die Fähigkeit zu heilen, denn ich sollte ihre Vertreterin sein. Auf einem Feld gaben sie mich dann wider frei." Ich hob die Hand und fragte: „Wie holten sie dich denn ins Raumschiff?" „Ich wurde hineingezogen, das Raumschiff war versteckt hinter dem Mond."

Ein leichtgläubiger Mensch ist hier gefangen, die Euphorie ist umwerfend. Alles ist gut, alles ist positiv, alle sind glücklich. Der Platz im Raumschiff kostete so viel, wie jeder konnte. Es wurde von Traudel und ihrem Stab berechnet… 5000 DM waren das für Lisa. Als nächstes stand eine Heilung an.

Traudel fühlte sich berufen, anderen das Heilen und Handauflegen zu lehren. Auch Lisa verspürte eine angenehme Wärme und Heilung. Plötzlich rief Traudel: „Ich höre euch... wir versammeln uns nun zum Channelling." Alle setzten sich, schlossen die Augen und waren wie in Trance... oder sie taten nur so, um nicht aufzufallen, alle wollten doch dabei sein.

„Großer Sherian, ich höre dich, sprich nun durch mich. Meine Kinder, bald ist es soweit. Meine Vertreter werden euch Zeichen geben. In Liebe und Zufriedenheit werdet ihr auf meinem Planet leben. Es gibt keine Krankheiten, nichts Böses existiert hier. Auf der Erde braucht ihr nun nichts mehr. Ich freue mich auf euch."

Nach diesem Channelling wurden wir getauft. Zwei Tage dauerte diese Art der Gehirnwäsche. Das Erstaunliche war nur, dass ich alles was von den Medien verkündet wurde, bereits in meinem Kopf hatte. Wenn ich es jetzt hier und sofort analysieren sollte, dann sage ich, die Worte und Informationen sind so einfach gestrickt, dass jeder darauf reinfallen muss, der nach Liebe und Zufriedenheit sucht. Mit meinen ursprünglichen Ideen hatte das alles nichts mehr zu tun. Ich merkte aber auch, dass ich keine Chance hatte, gegen diese Macht anzukämpfen. Auch Lisa schien ich zu verlieren. Was sollte ich tun? Das Ganze war so unglaublich, dass ich mich nicht traute, jemanden einzuweihen.

Jetzt gab es wieder Treffen bei Lisa. Bis zu 6 Personen konnten bei ihr schlafen. Zwei Tage früher kam Jürgen, genannt Normen, er hatte Kontakt zu eben diesem Normen aus der Ebene der Liebenden. Ja, wenn es eine Hierarchie nach unserem Tod gibt, dann frage ich mich wirklich nach dem Sinn von Allem, denn es kann doch nur Gott ganz oben stehen, auch Jesus, Buddha usw., aber nicht Normen oder Gerd aus welcher Ebene auch immer. Normen wollte Lisas Haus zum Außenposten machen. Er spürte, dass ich der Skeptiker war. Seine Strategie war grandios, er wollte mich kurzerhand zum Chef des Außenpostens machen. Tja, wer fühlt sich da nicht bauchgepinselt? Aber es war einfach nicht mein Ding. Jetzt erkannte ich, dass es brennt. Ich willigte zum Schein ein, denn 8 Schwestern und Brüder standen kurz vor der Tür. Lisa war natürlich immer noch der Meinung, dass sie ihre Schulden loswerden würde. Als Chef des Außenpostens musste ich jetzt ein Channelling geben: „Ich begrüße euch von der Ebene der Liebe… ich bin Roger… ich freue mich, euch hier in dieser positiven Runde unter lieben Menschen begrüßen zu können… mit uns habt ihr den ständigen Kontakt auf dem neuen Planet… wir freuen uns schon auf euch… fragt mich nicht, wo liegt meine Brille, es gibt wichtigere Dinge…" In dieser Form ging es noch weiter. Am Abend löste sich die Gruppe endlich auf. Wie sollte es jetzt weitergehen? Wie sollte ich Lisa die Wahrheit sagen? Ganz einfach… durch die Wahrheit, aber ganz behutsam, denn die Schulden sind real. An den folgenden Tagen gab es noch Anrufe mit der Bitte an Lisa, ob sie etwas Geld verleihen könnte. Peter könnte 4000 DM gebrauchen, Gerda wäre gern mit 8000 DM dabei.

Lisa bestand darauf, noch einmal die geistige Welt hören zu dürfen. Ein zweites Mal schlüpfte ich in die Rolle des Mediums. „Ich bin noch einmal Roger von der Ebene der Liebe… sei nicht traurig, aber ich muss dir sagen, du hast deine irdischen Aufgaben noch nicht ganz erfüllt… auch sind deine Träume und Wünsche noch nicht erlebt… du hast hohe Schulden, wenn du die Erde verlässt, müssen andere sie abtragen, das ist doch ungerecht… trage sie ab und auf dich wartet der Himmel." Lisa war traurig, aber verständnisvoll, sie fragte: „Kannst du mir helfen, Jörg?" Ich konnte nicht nein sagen, schließlich fühlte ich mich verpflichtet.

Ich wagte den Schritt, denn ich hatte das Gefühl, es könnte klappen. Für Lisa ist diese Gruppe wie eine Familie geworden, es gab ihr Halt, sie traf auf Verständnis. Irgendwie waren alle auf der Suche. Einige hatten liebe Menschen verloren, andere wurden einfach nur enttäuscht. Lisa und ich werden lange brauchen, um alles richtig verstehen und einordnen zu können. Ich wollte ganz einfach ein normales Leben mit Lisa.

Überlegungen und Diskussionen schon, aber keine Abhängigkeiten von Außenstehenden, die das Leben anderer lenken wollen. Wir hatten zwar beide Familie, aber die Familien waren nicht so, wie man sich Familie vorstellt. Meine Kindheit erzählte ich bereits. Lisa war zwei Mal geschieden, hatte zwei hochnäsige Töchter. Sie hielten nur die Hand auf, aber um die hohen Schulden kümmerten sie sich nicht. Sie übersahen die Probleme der Mutter, forderten ein vorzeigbares Leben von ihr, nicht mit Schulden und Medien behaftet.

Mein Bestreben war es, Lisa zu helfen. Sie unterstützte mich und nun wollte ich ihr etwas zurückgeben. Für Lisa war es nun absolute Priorität, die Schulden loszuwerden. Es zog sie aber auch weiterhin in die Gruppe. Auch fuhr Lisa zu vielen Esoterik-Messen. Von dort brachte sie jede Menge Cassetten mit. Hierzu sage ich, die Grundidee der beruhigenden Musik ist sehr gut. Auch geführte Meditationen wirken sich positiv auf unser Gemüht aus. Lisa brachte Cassetten von Silvia Wallimann,

Karunesh, Anugama und Oliver Shanti mit. Jeder muss selbst wissen, wie weit er in diese Materie vorstößt. Aber durch die Meditation sind bei mir sehr viele Kräfte und Energien freigeworden. Und hier wird der Grad nun sehr schmal. Bringt mir persönlich eine Meditation etwas oder einem anderen Menschen, der nichts Gutes im Schilde führt. Ich persönlich schöpfte Kraft daraus, vielleicht hätte es aber auch gereicht, nur eine kurze Auszeit zu nehmen. Die einen rauchen eine Zigarette, die anderen meditieren.

Vielleicht würde Lisa und mir die Zusammenführung von Glauben, Physik, Meditation und geistiger Welt gelingen. Denn alles zusammen ist doch erst das Ganze. Zunächst ging es jetzt an die Schulden. Lisa hatte fast ihre Praxis aufgegeben, denn in 100 Tagen sollte sie schließlich von einem Raumschiff abgeholt werden. Der Einfluss dieser Gruppe wirkte aber immer noch sehr stark auf Lisa. Immer wieder fragte sie nach einem Channelling. In solchen Augenblicken half keine Logik, keine Physik, kein Zureden. Wieder schlüpfte ich in die Rolle des Mediums: „Ich bin Ibrahim, ein Geist aus der Ebene der Liebe… habe keine Bedenken, der Weltraum ist für alle groß genug… auch du findest deinen Platz… aber nun trage zunächst einmal deine irdischen Schulden ab, du hast einen guten Partner und Kämpfer an deiner Seite…"

Es war für Lisa wie eine Meditation. Ich fühlte mich nicht gut dabei, denn ich merkte schließlich, wie gewaltig Menschen andere Menschen manipulieren konnten. Ich wollte unbedingt versuchen, Lisa auf den normalen Weg zurückzuholen. Ich dachte an ärztliche Hilfe. Aber die Scham war zu groß, außerdem war Lisa für 10 Angestellte und 500 Patienten verantwortlich. Als ich merkte, dass Lisas Geld und Haus in Gefahr waren, löste ich die Verbindung zur Gruppe radikal auf. Das Wort „Radikal" werde ich noch einmal erwähnen. Es gab eine neue Telefonnummer, in der Praxis gab es kein Durchstellen mehr zu Lisa. Gruppenmitglieder suchten immer wieder den Kontakt, sie standen einfach ohne

Einladung vor der Tür. Sie schickten Briefe mit der Erinnerung an fröhliche Treffen mit geistigem Kontakt zu Engeln. Ich antwortete mit zwei Rottweilern, die hinter der Tür wachten. Was blieb von dieser Aktion übrig? Menschen manipulieren Menschen. Die starken Mitglieder werden zu Führern gemacht und die schwachen Mitglieder sind die Leitragenden. Das Suchen nach Geborgenheit, Zufriedenheit, Wärme und Zuversicht wird von wenigen an der Spitze ausgenutzt. Lisa ist aus diesem Kreislauf heraus, andere sind noch dabei. Lisa hat einen Verlust von ein paar Tausend DM, was für Familien oder ärmere Personen schon ein Bankrott sein kann. Lisa hat einen Knacks übrigbehalten, an dem wir jeden Tag arbeiteten. Andere kommen gar nicht mehr raus. Drei Personen konnte ich zum Austritt bewegen. Geholfen haben Logik, Physik und die Religion.

So gut wie ich auch Lisas Meditations-Cassetten fand, für Lisa selbst waren sie ein Problem. Immer wieder wurde Lisa an Channellings erinnert. Immer wieder fragte sie danach. Als Stütze reichte ich ihr nicht aus, ihr Problem lag tiefer. Aus den Channellings wurden immer mehr Gespräche und Diskussionen. Ein allerletztes Mal schlüpfte ich in die Haut des Mediums: „... denke über alles nach... suche dich selbst... erforsche das Universum... woher kommen wir... wo geht es hin..."

Eine Meditation kam mir dabei sehr zur Hilfe: das TAO TE KING mit der Musik und den Versen von DEUTER. Jetzt kamen wir wieder auf Kurs. Alles entsteht aus dem Nichts... das Nichts ist Etwas... darüber lohnte es sich zu diskutieren. Jeden Tag nahmen wir uns Verse vor. Immer mehr verstanden Lisa und ich, dass das JETZT, HIER UND SOFORT das Wichtigste wurde. Den Augenblick mit vollem Bewusstsein zu erkennen, das wurde unser Bestreben. Wir hörten mindestens einmal am Tag das TAO TE KING. Es gab uns Kraft, Ausdauer und Zuversicht. Über Channellings sprachen wir nicht mehr, auch nicht mehr über die Sekte, jetzt stand der Schuldenabbau und die Suche „wer bin ich?" an der ersten Stelle. Ich war froh, nicht mehr in die Rolle des Mediums schlüpfen zu müssen. Es ist schwer zu verstehen, wie Menschen die Schwäche anderer Menschen oder suchenden Menschen so ausnutzen können. Besonders auffällig wird es doch, wenn es etwas kosten soll. Ein Channelling in privater Atmosphäre kostete damals 50 Mark, das Mitfliegen im Raumschiff bis zu 5000 DM…"

Es klopfte an der Zimmertür. Das Essen wurde uns gebracht, es war tatsächlich schon 14 Uhr. Für 19 Uhr bestellte ich einen Tisch im Hotelrestaurant. Ich war gespannt, wie Jörgs Geschichte endete, denn es schien doch alles auf einen guten Weg hinzulaufen. Fast könnte ich diese Geschichte jetzt selbst weitererzählen. Etwa so: Und sie heirateten, bauten die Schulden ab, wurden super erfolgreich, lebten glücklich und zufrieden bis in alle Ewigkeit. Dazu würde auch Jörgs Ferrari passen. Aber irgendetwas musste wohl doch nicht so gepasst haben. Das Essen war sehr gut und Jörg erzählte weiter.

„Wie gesagt, die Schulden waren hoch. Es war völlig unlogisch, dass ich Lisa heiraten wollte, aber ich wollte ihr auf diese Art und Weise meine Dankbarkeit und die Zuversicht zeigen... wir heirateten... nun hatte ich die Hälfte der Schulden am Hals. Ich wusste wirklich nicht ob wir das stemmen könnten, aber wenn die Bank schon sagte, dass sie Lisa nicht aus dem Vertrag lassen würden, da man schließlich gut in der Praxis verdienen könne, dann musste da etwas dran sein. Die heruntergewirtschaftete Praxis brachten wir auf Vordermann. Neue Ideen und ein verändertes Team brachten ganz neuen Schwung. Ich erkannte, dass es wirklich eine Rettung geben wird. Alles wurde nun positiv. Vieles trug aber auch dazu bei, das tägliche TAO TE KING, die täglichen Diskussionen über Gott und die Welt, der neu entwickelte Ehrgeiz. Langsam befreit zu sein eröffnete in Lisa eine Dankbarkeit. Viele Patienten, die den Eigenanteil nicht bezahlen konnten, behandelte Lisa kostenlos. Lisa unterstützte Tierheime. Und auch wenn ich jetzt für Unverständnis bei vielen Lesern sorge, noch war ich ein Mensch, der auch Wünsche hatte. Meinen

Kindheitswunsch erfüllte Lisa ebenfalls, ein Ferrari 348. Ab jetzt könnte man denken, sie werden größenwahnsinnig. Nein, wir teilten vieles, arbeiteten fleißig und wer mit solch einem Auto nur 2000 Kilometer in 20 Jahren fährt, muss es wohl lieben. So gab es Höhen und Tiefen in unseren Leben… in unserem gemeinsamen Leben.

Das nächste Tief stand an. Von meiner Familie konnte ich mich erfolgreich lösen. Jetzt wurde ich gebraucht, konnte zeigen was ich konnte. Lisa war von der Sekte befreit. Die Praxis lief wieder. Die Schulden standen kurz vor der Tilgung. Die schwer zu verkaufenden Wohnungen waren fast verkauft. Man konnte sagen, dass fast alle unsere Wünsche erfüllt worden sind. Ausgerechnet jetzt stellte ein Arzt eine beginnende Demenz fest. Wir reagierten sofort. Das TAO TE KING lehrte uns, dass das Jetzt wichtig ist… carpe diem…

Die Schulden waren getilgt, die Praxis wurde verkauft, jetzt wurde jeden Tag trainiert. Da ich Lisas Lebensgeschichte in mir trug, übten wir täglich bis zu zwei

Stunden Lisas Gedächtnis. Der nächste Tiefschlag kam, als Bin Laden zuschlug. Die nachfolgenden Weltwirtschaftskrisen verkleinerten unser Erspartes erheblich. Die wichtigsten Worte in unserem Leben waren von nun an JONGLIEREN und TRAINIEREN. Lisa konnte sich an die Sekte nicht mehr erinnern. Wir trainierten fleißig weiter, gleichzeitig jonglierte ich unser Leben weiter. Tag für Tag hörten wir das TAO TE KING. Es gab Medikamente. Es gab Unfälle. Lisa stellte eine Kunststoffkanne auf die heiße Herdplatte. Die Küche brannte. Ich nur jedem einen Rauchmelder empfehlen. Jetzt machte sich mein Körper bemerkbar. Der offene Rücken, die schwere Arbeit im elterlichen Betrieb, dazu ein Sturz… plötzlich war ich zu 100% Schwerbehindert, mit allen Buchstaben und so.

Das TAO TE KING brachte uns immer noch sehr viel. Zumindest Ruhe und Entspannung. Die Diskussionen um das Universum wurden weniger, als wenn es schrumpfen würde. Es verkleinerte sich auf unsere Hausgröße.

Ein weiteres Problem war Lisas Drang aus dem Haus zu kommen. Wir brauchten Hilfe. Noch zu gesunden Zeiten lernten wir Rita kennen. Ritas Lebensgeschichte empfanden Lisa und ich als sehr traurig. Wir trafen uns bei einem Spaziergang wieder. Rita war sofort bereit zu helfen. Jetzt nahm alles seinen Lauf. Rita war froh, einen Ort der Ruhe gefunden zu haben. Sie kümmerte sich zu 50% um die Hausarbeit, die anderen 50% übernahm ich. Ich konnte mit Lisa trainieren, Rita kochte. Rita kümmerte sich nachts um Lisa, ich fuhr tagsüber mit Lisa zum Spaziergang. Rollator an Rollator… wobei Lisa immer schneller war als ich. Im Haus ging viel zu Bruch, Reparaturen standen ständig an. An den Ferrari dachte niemand mehr, er lief auch gar nicht mehr. Wir richteten das Haus neu ein. Auf einer Etage war nun ein Lebens-, Arbeits- und Schlafbereich. Lisa wollte nie in ein Heim. Alles schien sehr gut zu laufen. Aber wir wurden beobachtet. Lisas Töchter sahen alles mit viel Misstrauen. Meine Familie mit viel Missgunst. Lisa verlor immer mehr an Erinnerung. Gehört die Erinnerung auch zu der Theorie, dass nichts verloren geht? Wo ist dann der Teil der hier im Körper verloren ist? Lisa wusste irgendwann nicht mehr wer Rita ist. Sie schlich sich aus dem Haus suchte Hilfe in meiner Familie. Jeder kannte unsere Situation. Jeder wusste, was in einem solchen Fall zu tun ist. Aber für meine Familie wurde es zum gefundenen Fressen. Sie kontaktierten die Töchter. Nie hat sich jemand um uns gekümmert. Wir bewältigten alle Probleme selbst. Und plötzlich standen alle vor der Tür und stahlen Lisa aus dem Haus. Auf eine brutale Art wurde unsere Verbindung, unsere Ehe radikal beendet. Ich war mit meiner Behinderung nicht in der Lage zu kämpfen. Die Polizei hätte ich unbedingt holen müssen. Lisa hatte natürlich längst vergessen was sie ausgelöst hatte.

Ein letztes Telefonat mit Lisa. Ich solle sie wieder abholen. Aber daraus wurde nichts. Stattdessen gab es Post vom Gericht. Lisas Töchter ließen das Testament ändern, eine Scheidung wurde beantragt, schwere Anschuldigungen gegen mich standen an. Ich solle versucht haben, Lisa mit einem

Tablettenmix umbringen zu wollen, ich hätte ihr großes Vermögen durchgebracht, Rita ist keine Hilfe, sondern Geliebte.

Nach 4 Monaten erreichte ich ein heimliches Telefonat mit Lisa. Ich erklärte ihr die Situation und die Vorwürfe. Lisa konnte sich tatsächlich erinnern, wie die Wahrheit aussah. Sie sei jetzt in einem Heim. Sie dürfe auch nicht mit mir sprechen, denn ihre Töchter meinen, sie wolle dann wider zu mir zurück. Ich solle doch kommen. Danach wurde die Leitung stillgelegt.

Weitere 4 Monate später kam die Gerichtsanhörung. Lisa hatte einen kalten Gesichtsausdruck. Sie erkannte mich nicht mehr. Vehement pochte sie darauf, unbedingt geschieden werden zu wollen. Mehr wisse sie nicht mehr. Ich konnte ihr nur noch von Anklagebank zu Klagebank rüber rufen: „Alles Gute für dich, bald sehen wir uns wieder." Ihr eiskalter Blick schockte mich. Es soll auch keine Telefonate gegeben haben.

Nun, die Gesetze sind eben so, wenn jemand deutlich sagt, dass er geschieden werden will, dann ist das auch so, auch wenn es nur die Töchter so wollen. Die Töchter haben sich Jahrzehnte nicht um die Mutter gekümmert. Sie wollten eine ganz normale Mutter, ohne Sekte und Schulden, einfach nur erfolgreich. Aber so war das Leben der Mutter nicht. Schon gar nicht wollen die Töchter, dass mein Nachname später auf dem Grabstein stehen wird. Ich verlor eine Wegbegleiterin, der Arzt nannte uns ein super Team, eine Ehefrau, einen Teil meiner Rente, die Lebensversicherung, das Haus, einen Lebensinhalt eben. Und doch ist laut TAO TE KING das NICHTS ETWAS. Denn jetzt beginnt wieder das Übersinnliche, das Paranormale:

Etwa um Mitternacht wurde Lisa immer wach und ging zum Kühlschrank. Unser Hund folgte ihr. Beide plünderten den Kühlschrank, legten sich danach wieder hin. In einer Nacht hörte ich das Geräusch aus der Küche einer Kühlschranktür, aber Lisa war ja schon Monate nicht mehr im Haus.

Dann gibt es Kuscheltiere für Hunde, die Geräusche machen. In einer anderen Nacht, genau um 0 Uhr, wieherte das Kuschelpferd unaufhörlich. Man musste aber den Schalter drücken, damit es Geräusche machen konnte.

Eines Nachts ging das TAO TE KING auf CD allein an.

Und die letzte Begebenheit: Ich wurde nachts wach, sah eine Lichtgestalt. Eine Art DNA-Strang, hell erleuchtet, etwa 120 cm lang, senkrecht schwebend, etwa 30 cm über dem Boden. Aber das Objekt erleuchtete nichts in der Umgebung, sondern leuchtete nur selbst. Bereits eine Stunde vorher weckte mich meine Katze. Sie wollte nicht auf ihre Katzentoilette, die Türen waren doch geöffnet. Sie erledigte ihr Geschäft neben meinem Bett. Dann verkroch sie sich. Als ich das Objekt sah, bewegte sich mit einem Geräusch die Schafzimmertür, so dass ich das Objekt nicht mehr sehen konnte. Ich machte einen langen Hals um das Objekt zu sehen, weg war es. Mir wurde mulmig. Morgens sah ich die angelehnte Tür. Immer wieder bewegte ich sie, aber sie machte nicht mehr dieses Geräusch.

Ich habe zwar so gut wie alles verloren, aber jetzt weiß ich, da gibt es mehr zwischen Himmel und Hölle. Heute sage ich umso fester… ja, es gibt Außerirdische… ja, unser Sein existiert nach dem Tod… es wird Paralleluniversen geben… vielleicht sogar mein Omnium… es wird paranormale Erscheinungen geben… man kann durch meditieren Kraft und Ruhe schöpfen… man muss nur alles zusammen sehen, Physik und Religion… aber eines gibt es nicht, dass man für 5000 DM einen Platz in einem Raumschiff von Außerirdischen bekommt. Und die 100 Tage, an denen die Welt untergeht und das Raumschiff startet, sind längst vorbei."

„Ja, Jörg. Das war eine fast unglaubliche Lebensgeschichte. Das wäre ein Stoff für einen Film. Mit der Zuversicht den Job zu bekommen brachte ich Jörg zum Bahnhof. In drei Wochen werde ich ihn wiedersehen. Da war jetzt noch der Geburtstag meiner

Frau. Das Hotelzimmer verlängerte ich, meine Frau kam auch nach München. Bei einer Autovermietung lieh ich einen Ferrari 348 aus. Mit dem fuhren wir noch zum Salzburgring. Es wurde eben ein anders Wochenende als geplant.

Wieder zurück in meinem Büro überlegte ich, ob ich diese Geschichte veröffentlichen soll. Ich klickte auf NEUES BUCHPROJEKT und ich bekam durch Zufall die ISBN-Nummer ……………348. Irgendwie ergibt doch alles einen Sinn, oder?

Demenz – kein Weg führt zurück

Lange bevor diese Krankheit bei meinem Vater diagnostiziert wurde, konnte ich schon die beginnende Demenz erkennen. Leider wusste ich zum damaligen Zeitpunkt noch nichts über Demenz und Alzheimer. Auch verschwendete ich keinen Gedanken daran. Ich hatte andere Dinge im Kopf, wie zum Beispiel meine Schule zu beenden und meine Freundinnen.

Zwischen 1963 und bis zu seinem Tod 1974 ereigneten sich viele Dinge, an die ich noch immer denken muss, denn wenn mein Vater mit den heutigen Medikamenten und Erkenntnissen behandelt worden wäre, hätte man sein Leben angenehmer gestalten können.

Täglich sah ich meinen Vater und am Abend unterhielt man sich über das, was am Tage geschehen war. Ich weiß heute nicht mehr in wie fern meiner Mutter etwas an meinem Vater auffiel. Heute wissen wir, dass Vergesslichkeit und andere Symptome eine Vorstufe dieser Krankheit sein kann.

Aber zum damaligen Zeitpunkt, hat man Vergesslichkeit noch belächelt und gesagt: „Du hast aber heute ein Gedächtnis wie ein Sieb." Jedenfalls fiel mir die Vergesslichkeit an meinem Vater auf. Nicht nur das, sondern auch seine krampfhafte Wortfindung während einer Unterhaltung.

Da ich durch Schule, und nachfolgender Lehre, nicht immer auf meinen Vater achten konnte, bemerkte ich auch nicht, dass sich die Situation dramatisch veränderte. Trotzdem kam mir der Gedanke, mich mit dem Thema Vergesslichkeit näher zu beschäftigen. Ich besorgte mir Fachbücher und stieß auf die Krankheit Alzheimer. Eines Tages, im Sommer kam ich nach Hause, aber mein Vater war nicht da. Zu diesem Zeitpunkt war er schon Rentner, denn damals konnte man noch mit 60 Jahren ohne Abzüge in Rente gehen.

„Wo ist Papa?", fragte ich meine Mutter. Weinend antwortete sie mir: „Dein Vater hat mit einem Messer die Gardine im Schlafzimmer zerfetzt, dann schaute er mich an und lächelte." Er sagte: „Marga, das habe ich nicht gewollt." Weiter sagte er: „Ich glaube ich bin sehr krank." Noch bemerkte er, was mit ihm geschah. Dass er die Krankheit schon länger in sich trug, wusste er nicht. Laut Aussage meiner Mutter bekam er nach der Aktion mit der Gardine einen Krampfanfall und schlug lang hin. Er lag ein paar Minuten ohne Bewusstsein, bevor der Notarzt kam, den meine Mutter umgehend verständigte.

Man fuhr ihn in die Neurologie eines Krankenhauses in der Nähe. Alle paar Tage besuchte meine Mutter ihn mit meinem Bruder, der sie fuhr. Zwei Mal fuhr ich mit, dann wollte ich nicht mehr. Ich konnte einfach nicht mit ansehen, dass mein Vater auf einer geschlossenen Station untergebracht war. Dort wurden auch Geisteskranke und depressive Menschen sozusagen von der Außenwelt abgeschottet. Auf dieser neurologischen Station war mein Paps einige Wochen. Er wurde auf den Kopf gestellt.

Schließlich drängten mein Bruder und meine Mutter darauf, ihn wieder mit nach

Hause nehmen zu können. Der zuständige Arzt erklärte uns, dass er eine Verkalkung der linken Gehirnhälfte feststellen konnte. Der Kopf wurde gründlich untersucht. Im Laufe der Zeit würden mehrere Areale im Gehirn lahmgelegt werden, so sagte er weiter. Welche Körperfunktionen zuerst nicht mehr aktiv sein würden, konnte er nicht mit Bestimmtheit sagen. Heute würde man spezielle Tests mit den Patienten machen um genauer diagnostizieren zu können.

Dazu muss ich sagen, dass mein kleiner Neffe schon früh merkte, dass mein Vater Schwierigkeiten hatte zu reden und viel vergaß. Jedenfalls war er erst mal zu Hause, im Kreise seiner Familie. Um den Verkalkungsvorgang im Gehirn zu verlangsamen, verschrieben ihm die Ärzte ein Medikament, welches in der Tat etwas half. Die Vergesslichkeit und die schlechte Wortfindung während des Gesprächs wurde tatsächlich eingedämmt. Jedenfalls bildeten wir uns ein, dass er wieder gesunden könnte. Leider war dies ein Trugschluss.

Die Monate vergingen und keiner von uns bemerkte, dass sich das Befinden meines Vaters verschlechterte. Alle waren zu sehr mit sich selbst beschäftigt. Ich musste mich auf meinen Lehrberuf konzentrieren und meine Mutter wurde krank. Auch mein Bruder war in seinem Beruf sehr eingespannt und machte noch nebenher Lehrgänge mit. Er rief auch nur an, wenn es unbedingt nötig war.

Der Tag kam, an dem ich ausziehen musste, wegen Heirat, eigene Wohnung usw. Näher möchte ich hier nicht darauf eingehen. Vielleicht in einem anderen Buch. Eines Tages ging mein Telefon. Meine Mutter war sehr aufgeregt. Sie wollte, dass ich so schnell wie möglich zu ihr komme. Dies war zu machen, denn ich wohnte nur 15 Minuten von meiner elterlichen Wohnung entfernt. Auf dem Weg dorthin dachte ich schon daran, dass es mit meinem Vater zusammenhängen könnte.

Als ich ankam, redete meine Mutter sofort auf mich ein. Sie erzählte, dass mein Paps ihre Schuhe angezogen hätte und dann wäre er spazieren gegangen und nicht mehr nach Hause gekommen. Wir riefen die Polizei, die uns beruhigte und riet erst einmal zu warten. Wir warteten und tatsächlich trudelte mein Vater abends um 11 Uhr wieder zu Hause ein. Er lachte meine Mutter an und konnte gar nicht verstehen warum sie weinte. Er versuchte ihr zu erklären, dass er zu Fuß nach Kettwig zu seiner alten Arbeitsstelle gelaufen wäre. Er hätte auch mit seinem damaligen Chef gesprochen, der ihm anbot, ihn nach Hause zu bringen. Mein Vater erzählte, dass er dies ablehnte, da er zu Fuß schneller wäre und außerdem täte ihm die frische Luft ganz gut. Da er ansonsten sehr lieb war und sich eigentlich gut lenken ließ, hofften wir alles in den Griff zu bekommen. Ich war ab sofort ständig bei meinen Eltern. Ich musste meinen kleinen Sohn mitnehmen, den ich in dem ganzen Dilemma bei meiner Mutter lassen musste. Außerdem hatte ich einen Halbtagsjob und dieser musste erledigt werden. Denn ich brauchte das Geld. Mein Vater war noch eine ganze Zeit lang umgänglich, darum war diese Situation noch tragbar.

Doch es kam der Tag, an dem ich meinen Jungen nicht mehr bei meiner Mutter lassen konnte, da mein Vater für jede Kleinigkeit ausrastete und sogar dem Kleinen mehrere Klapse auf den Popo gab. Im gesunden Zustand hätte er das nie getan. Ich versuchte das Kind früher in den Kindergarten zu bekommen. Da ich die zuständige Nonne, es war ein katholischer Kindergarten, sehr gut kannte und ich ihr die Situation schilderte, gelang es mir Timo sofort in den Kindergarten zu bekommen.

Schließlich kam es soweit, dass ich meinen Job an den Nagel hängen musste, da meine Mutter mit der Situation, trotz Hilfe aus der Gemeinde, nicht mehr fertig wurde. Mein Vater war zwar noch nicht bettlägerig, aber er war fahrig und sehr unruhig. Lief den ganzen Tag hin und her und versuchte ständig aus dem Haus zu laufen. das änderte sich auch nachdem er andere Medikamente bekam nicht wirklich. Eines Morgens wollte er für eine Tasse Kaffee,

Wasser im Wasserkocher heiß machen. Alles soweit schön und gut, nur er stellte den Wasserkocher nicht auf den Untersatz des Gerätes, sondern auf die eingeschaltete Herdplatte.

Diese fing Feuer. Meine Mutter wurde Gott sei Dank sehr schnell aufmerksam. Der Rauch zog schon durch die ganze Wohnung. Als ich kam, konnte ich erst einmal alle Fenster aufmachen. Ich holte einen Arzt, der beide Elternteile untersuchte. Es war noch mal alles gut gegangen. Mein Vater konnte auf Grund seiner Krankheit die Gefahr nicht mehr einschätzen, verwechselte alles und fühlte sich noch im Recht. Nur wir mussten gute Miene zum bösen Spiel machen. Mit ruhigen, sanften Worten beruhigten wir ihn wieder.

Es wäre ein Fehler gewesen, anders zu reagieren. Uns wurde vom zuständigen Arzt immer wieder gesagt, dass mein Paps nicht die aggressive Form der Demenz hat und wir bräuchten uns keine Sorgen zu machen. Er hätte noch viele gute Jahre, bis er ans Bett gefesselt wäre. Ich glaubte an gar nichts mehr, denn die fortschreitende Verkalkung im Gehirn konnte auch ein guter Arzt nicht aufhalten. Das Vergessen war sehr gravierend, denn wir merkten, dass mittlerweile auch das Langzeitgedächtnis nicht mehr funktionierte. Seine Sprache war nun ganz verschwunden.

Er schrie nur noch herum. Dies waren oft peinliche Worte, wie zum Beispiel Arschloch oder Drecksau. Mit ihm einkaufen zu gehen, war eine Qual für alle. Wenn wir mit ihm Kaffee trinken gingen, schrie er nur noch herum und wurde regelrecht wütend, wenn man ihn nur von der Seite anschaute. Das Laufen fiel ihm immer schwerer. Er schlurfte nur noch. Sein Kopf hing dabei nach vorne herunter. Aber er ließ sich nach wie vor schlecht davon abbringen, nicht wegzulaufen. Wenn er etwas von meiner Mutter wollte, stöhnte er und gab tierische Laute von sich.

In solchen Momenten wünschte ich, dass es endlich zu Ende war. Er brauchte Schlaftabletten, die ihn davon abhielten durch die Wohnung zu geistern, mitten in der Nacht. Dann riss er die Schlafzimmertür meiner Mutter auf, er schlief in einem anderen Raum. Es war einfach nicht mehr möglich mit ihm im Ehebett zu schlafen. Er fuchtelte mit den Armen herum, riss ihre Bettdecke herunter und schmiss mit Gegenständen nach ihr.

Soviel Hoffnung hatten wir aufgebaut und doch alle Hoffnung wieder verloren. Die Krankheit nahm ihren Lauf und wir mussten mit ansehen, wie mein Vater immer mehr verfiel. Er war eigentlich immer ein gutmütiger Mensch gewesen doch die Krankheit machte aus ihm ein gefühlloses Monster, welches unberechenbar war. Immer öfter musste er ins Krankenhaus, weil die epileptischen Anfälle sich mehrten. Immer wieder bekam er andere Medikamente, die die Unruhezustände eindämmen sollten. So oft wir konnten holten wir ihn wieder aus dem Krankenhaus nach Hause. Sein Erinnerungsvermögen war nun vollständig verschwunden. Er erkannte uns nicht mehr. Zuerst war meine Mutter das unbekannte Wesen, dann ich und mein Bruder. Wenn sein Enkel ihn mit Opa ansprach reagierte er noch leicht und ein Lächeln war in seinem Gesicht zu sehen. Die Aggressivität nahm zu. Es war schon so weit, dass wir Angst vor ihm hatten. Meine Mutter schloss sich in der Nacht im Schlafzimmer ein. Mit guten Worten und neuen Medikamenten, ließ sich mein Vater nicht mehr beruhigen.

Immer öfter knickte er weg, wenn er ein paar schlurfende Schritte versuchte. Letztlich kam er in den Rollstuhl und die Hilfe von der Kirche machte mit ihm regelmäßig eine Ausfahrt, damit er an die Luft kam. Meine Mutter hatte einfach keine Kraft mehr und ich musste mich zwischendurch auch einmal um meinen Sohn und meinen Haushalt kümmern.

Insgesamt, von den ersten Symptomen, bis zu seinem Tod, zog sich die Krankheit 8 Jahre hin. Angefangen mit Vergesslichkeit, bis hin zu einem elenden Siechtum in einem Krankenhaus für Geisteskranke. Mit den Erkenntnissen von heute und den Medikamenten, die zur Verfügung stehen, hätte man die Krankheit meines Vaters hinauszögern können und er hätte ein besseres Ende gehabt.

Mein Bruder kam regelmäßig und rasierte ihn. Ob Vater pflegeversichert war weiß ich nicht mehr. Ich glaube nicht, denn meine Mutter bezog diesbezüglich kein Geld. Sie konnte nur eine ehrenamtliche Frau von der Kirche bitten, ihr bei der Pflege meines Vaters zu helfen. Sie kam einmal am Tag. Es kam der Tag, an dem er wieder ins Krankenhaus kam. Dieses Mal konnte er nicht mehr selbstständig essen und er schrie ständig, obwohl kein Grund dafür vorlag. Der Arzt wollte durch eine gründliche Untersuchung ausschließen, dass noch eine Erkrankung vorlag. Heute weiß ich, dass zu diesem Zeitpunkt Menschen, die eine solche Krankheit hatten, nur Versuchskaninchen waren. Mein Vater kam erst einmal wieder nach Hause, denn die Ärzte konnten nichts mehr tun. Zur Pflege musste nun mehrere Male am Tag jemand kommen. Rund um die Uhr musste mein Vater nun betreut werden. Zum Glück merkte er selbst nichts mehr. Eigentlich war er nur noch ein Häufchen Mensch. Essen konnte er nicht mehr. Durch eine Sonde musste ihm die Nahrung zugeführt werden. Er stierte nur vor sich hin. Wenn man ihn ansprach, reagierte er nicht mehr. Dass er ständig sauber gemacht werden musste, versteht sich von selbst. Ein elendiges Sterben. Nein, so wollte ich nicht enden. Ich ließ mich untersuchen, ob mein Vater mir eventuell diese schlimme Krankheit vererbt hätte. Hatte er nicht, zum Glück konnte ich aufatmen.

Als ich meinen Vater da so liegen sah, dachte ich noch einmal über einige Vorfälle nach, die wir mit ihm erlebten aber ich dachte hauptsächlich an die schöne Zeit mit ihm, als er mit seiner kleinen Tochter die Natur durchstreifte. Als er mir jeden Baum und jedes kleinste Lebewesen erklärte und beschrieb. Er gab mir zu verstehen, dass man nur glücklich sein kann, wenn man ein reines Herz hat, so wie er es hatte. Er wusste die Natur und die kleinen Dinge des Lebens zu schätzen. Vater, ich danke dir für alles und ich glaube, dass du da, wo du nun bist wieder in der Natur umherwandern kannst und glücklich bist.

Ein Geist auf Wanderschaft

Als wir in das Haus einzogen, wussten wir noch nicht, was uns erwartet. Es ist ein vierzig Jahre altes Reihenhaus, nichts Besonderes, aber es ist für uns erschwinglich. Von außen macht es nicht viel her, darum wollten wir es uns von innen umso schöner machen. Die ältere Dame lernten wir noch kennen. Sie bewohnte dieses Haus von Anfang an, war immer selbstständig und hatte stets einen Hund um sich herum. Ihre Hunde waren immer ganz besonders lieb. Ob aus dem Tierheim oder vom Züchter. Ganz ohne Hundeschule und Training übertrug sich die gute Seele der älteren Dame auf ihre Hunde, ja mehr noch, sie zog alle Tiere in ihren Bann. Bei der Verabschiedung sagten wir ihr noch, dass wir ebenfalls einen Hund als Wegbegleiter haben möchten. Einen Mops, genauso wie sie ihn hat. In das Seniorenheim, in das die ältere Dame einzog, durfte sie ihren Mops mitnehmen. Jeden Abend schliefen sie gemeinsam in einem Bett ein. Der Mops machte es sich am Fußende gemütlich. Gern verließ die ältere Dame ihr Haus nicht, aber das Alter und die Krankheit zwangen sie dazu. Wir richteten es uns mit den übernommenen Möbeln und unseren mitgebrachten Dingen recht hübsch auf den drei Etagen ein. Auf allen Etagen schafften wir auch Schlafgelegenheiten für unsere Enkel. Nun ja, es sind auch Ausweichquartiere, falls ich einmal wieder etwas lauter schlafe oder meine Frau durch die Wärme im Sommer nicht einschlafen kann. „Bist du in der Nacht im Souterrain gewesen, das Licht brannte heute Morgen noch?", fragte ich meine Frau. „Nein, allein trau ich mich sowieso noch nicht nach unten", antwortete meine Frau. Nun ja, ich dachte nicht weiter darüber nach. Natürlich wusste ich, dass meine Frau die letzten Worte der älteren Dame im Kopf hatte. „Hier im Souterrain schlafe ich immer gern mit meinem Mops im Sommer, da ist es schön kühl. Ach, eigentlich will ich gar nicht weg hier." Heute holten wir unseren neuen Mitbewohner ab. Eine fünf Monate junge Mopshündin. Ein frischer Wind wehte nun in unserem Haus. Gerade, wenn die Enkel wieder abfuhren, ersetzte Lilly Mops die Lebendigkeit, die die Enkel ausströmten. Nur mit der Reinlichkeit von Lilly hatten wir unsere Probleme. Überall fanden wir Trittbomben, so nannte meine Frau die kleinen Hinterlassenschaften. Nun, wir waren eben Anfänger, nicht so erfahren wie die ältere Dame. In den nächsten Tagen passierten eigenartige Dinge in unserem Haus. Wir schliefen wieder im oberen Schlafzimmer, als wir Geräusche aus dem Souterrain hörten. Das Licht war erneut eingeschaltet, die Tür geöffnet. Tage später schliefen wir in der mittleren Etage, nachdem Lilly Mops sich auf der Schlafzimmermatratze verewigt hatte und diese tüchtig gereinigt werden musste. Um 23:30 Uhr ertönte aus der oberen Etage das Stofftier von Lilly Mops. Nicht nur einmal, sondern öfter hintereinander. Der Spuk endete um Mitternacht. Das Geräusch ließ sich übrigens nur entlocken, wenn man auf das Stofftier biss oder darauf trat. Wir waren zugegebenermaßen schon beide ängstlich und erschrocken darüber. Es ging jedoch weiter. Wir erinnerten uns, dass wir bei unserem ersten Kennenlernen mit der älteren Dame beim Frühstück eine Musik gehört hatten. „Das sind meine Lieblingslieder, die CD hat mir meine Enkelin zusammengestellt. Jetzt spielt sie im Küchenradio jeden Morgen", sagte unsere Gastgeberin damals. Wir verbrachten einen ganzen Tag mit ihr. Alles im Haus erklärte sie uns. Gegen 8 Uhr am Abend unterschrieben wir in ihrem Büro in der obersten Etage den Vertrag. Jetzt kämpften wir gegen die Tretbomben an, dachten nicht mehr an das Gewesene. Und doch wurden wir immer wieder aufgeschreckt. Eines Morgens, wir kamen gerade aus dem Bad, ertönte aus der Küche die Musik der älteren Dame. Wir standen wie versteinert auf der Treppe. Den ganzen Tag spekulierten wir darüber, denn das Gerät musste mit dem Startknopf zum Laufen gebracht werden. Aber wir waren es beide nicht. Gegen Abend saßen wir im Büro, planten den nächsten Tag, sprachen noch über die kuriosen Ereignisse. Lilly Mops schlief schon in ihrem Körbchen, da lachte es ganz laut im Zimmer. Es war ein

Lachsack, zweifellos, aber wo kam das Geräusch her? Wer löste es aus? Wir erschraken fürchterlich. Tagelang durchsuchten wir das Zimmer. Das Katzenkuscheltier konnte es nicht sein, es miaute. Das Pferd-Kuscheltier wieherte. Der Vogel zwitscherte. Nein, es war kein Lachsack zu finden.

Irgendwann, meine Frau gab einfach nicht auf, entdeckte sie ein zweites Geräuschmodul im Pferd. Es war der Lachsack. Aber wir drei hatten ihn nicht ausgelöst. Nun waren wir davon überzeugt, dass die alte Dame anwesend war, natürlich nur ihr Geist. Wir erfuhren, dass sie vergesslich wurde, immer mehr in der Vergangenheit lebte. Und wir lebten in der Zukunft, kämpften gegen die Häufchen im ganzen Haus. Eigenartiger Weise erledigte Lilly Mops nur die kleinen Geschäfte im Garten. Eines Tages kam meine Frau kreidebleich ins Schlafzimmer, es war fünf Uhr in der Frühe. Sie weckte mich und sagte: „Ich bin mit Lilly Mops in den Garten gegangen. Lilly hat all ihre Geschäfte dort erledigt. Sie konnte gar nicht schnell genug nach draußen kommen. Ich freute mich sehr. Als ich auf der Terrasse war, begann plötzlich der Schaukelstuhl ganz kräftig zu schaukeln. Lilly Mops und ich rannten schnell ins Haus. War es wohl die ältere Dame?" Wir wissen es nicht, wir können es nur vermuten. Aber eines steht fest, Lilly Mops war nun sauber, sie wusste jetzt, wo sie ihre Geschäfte erledigen musste. Sie lief bis zum Ende des Gartens, nahe dem Komposthaufen, und verrichtete dort jeden Tag ihre Bedürfnisse. Der Spuk nahm übrigens ein Ende. Meine Frau und ich sind der Meinung, die ältere Dame erzog in ihrer lieben Art, noch einmal einen Hund.

Botschaft aus dem Jenseits

Wie in jeder Ehe, so hatten auch Joachim und Elke Höhen und Tiefen. Beide wurden vor dem zweiten Weltkrieg geboren. Beide erlebten das Donnern der Bomben. Elke versteckte sich dabei immer im Keller des Hotels Kaiserhof. Ihre Großeltern bewirtschaften das Hotel. Hier wurde Elke auch geboren und lebte bis zur Studienzeit in ihrem kleinen Zimmer in der obersten Etage. Joachim war etwas jünger als Elke. Beide verliebten sich in den 1970-er Jahren ineinander. Elke hatte aus erster Ehe eine Tochter. Für Elke und Joachim begann ein neuer Zeitabschnitt. Joachim hätte gern Elkes Tochter adoptiert, aber dies wollte sie auf keinen Fall. Leider war Carola sehr eifersüchtig. Sie bestand darauf, in ein Internat aufgenommen zu werden. Elke und Joachim bewohnten ein kleines Reihenhaus, ließen Carolas Zimmer immer unberührt, denn vielleicht würde sich die Eifersucht irgendwann legen. Wie gesagt, es gab Höhen und Tiefen, so auch bei Elke und Joachim, aber es überwogen nach vierzig Ehejahren doch die Höhen. Beide wirkten perfekt aufeinander abgestimmt. Wortlos verstanden sie sich. Was aber nicht bedeutet hätte, dass sich beide nichts mehr zu sagen hatten, im Gegenteil, über alle Themen konnten sie stundenlang diskutieren. Mit der Zeit entstand eine tiefe Seelenliebe. Nichts, aber wirklich nichts, konnte sie aus dem Sattel heben. Alles bewerkstelligten sie gemeinsam. Beide kannten sich in- und auswendig. Eines Tages erkrankte Elke. Sie hatten bereits damit gerechnet, dass es geschehen könnte, denn in Elkes Familie erkrankten viele an Demenz. Immer und immer wieder kämpften sie dagegen an. Joachim trainierte Elkes Erinnerungen täglich bis zu zwei Stunden. Ob Kreuzworträtsel, Urlaubserinnerungen, Diskussionen, einfach die gesamte Bandbreite durch. Der behandelnde Arzt bestätigte, dass auf diese Art und Weise wohl eine Verschlechterung der Krankheit um zwei Jahre verschoben werden könnte. Und das bedeutete mehr Lebensqualität. Joachims Einsatz wuchs. Auch er wurde krank, es war der Rücken. Joachim lebte nun nur noch mit

Schmerztabletten, aber sein Einsatz wurde deshalb nicht weniger. Im Gegenteil, denn Elke wurde träger. Carola beobachtete diese Situation akribisch. Und es kam der Tag, an dem sie zuschlug. Joachim musste zu einer Untersuchung, Elke war allein zu hause. Carola stürmte mit ihrem Ehemann die Wohnung und beide schleppten Mutter Elke unter den Armen aus dem Haus. Joachim fand nur einen Zettel auf dem Küchentisch. Man wollte Mutter Elke untersuchen lassen, da man vermutete, dass Joachim sie gezielt um die Ecke bringen wollte. Joachim brach zusammen. Es war nicht mehr möglich, einen Kontakt zu seiner Frau herzustellen. Drei Monate vergingen, mittlerweile war Joachim psychisch sehr krank geworden. Bei jedem Geräusch im Haus rief er: „Elke, ich komme sofort zu dir!" Aber Elke war nicht da. Eigenartige Dinge geschahen im Haus. Dinge, die niemand erklären konnte. Die noch eingelegte Lieblings-CD von Elke startete in der Nacht automatisch. Geräusche, wie Joachim sie von Elke kannte, hörte er zu allen Zeiten. Er war immer wie versteinert, wurde schlapper und lustloser. Das Leben wurde ohne Elke sinnlos. Den Haushalt übernahm an einem Tag in der Woche Joachims Schwester. Sie kaufte ein und sorgte für Sauberkeit im Haus. Beide unterhielten sich immer wieder über den Vorfall. „Halte mich nicht für verrückt, aber ich spüre Elke deutlich hier im Haus. Es geht ihr nicht gut. Sie verlässt immer mehr ihren Körper", sagte Joachim oft. Joachims Schwester versuchte ihrem Bruder zu glauben. Eines Morgens sagte sie zu Joachim: „Du hast heute Nacht im Schlaf gesprochen. In einer anderen Stimmlage fragtest du ‚Wo bist du?'. Wenn ich das noch einmal höre, nehme ich es auf mein Diktiergerät auf." Joachim sagte darauf: „Siehst du, Elke versucht Verbindung aufzunehmen. Sie ist hier um uns herum, ich weiß es, ich spüre sie, wir sind eins." Tatsächlich passierte es noch weitere Male. Und dann kam die Nacht der Erkenntnis. Mit fremder Stimme fragte Joachim: „Wo bist du? Ich habe Gerd getroffen. Gerd wurde von unserer Tochter Carola umgebracht. Als Gerd sich von mir trennte, duldete Carola das nicht und vergiftete meinen damaligen Mann. Carola ist krankhaft eifersüchtig. Wo bist du?" Mit dieser Aufnahme gingen Joachim und seine Schwester zur Kripo. Hier rollten die Beamten den Tod von Gerd Krömer neu auf. Carola verstrickte sich bei der Befragung in Widersprüche und gestand die Tat schlussendlich. Der Aufenthaltsort von Mutter Elke wurde bekannt und Joachim konnte seine Frau wieder zurückholen. Elke war bereits sehr geschwächt. Trotzdem sagte sie mit klarem Verstand und klarer Stimme: „Ja, hier bei dir bin ich zu Hause. Hier fühle ich mich wohl." Beide konnten noch ein wenig Zeit miteinander verbringen. Es war fünf vor zwölf, aber auch die letzten fünf Minuten im gemeinsamen Leben waren sehr wichtig.

Das Medium

Mit täglich fünf Kunden rechnete Josefine Krodell. Ihr Arbeitsraum im eigenen Haus war dunkel eingerichtet. Überall waren Kerzen und Symbole aufgestellt. Auf dem runden Holztisch stand eine Glaskugel. Rechts daneben lagen Karten. Josefine war Medium. Ihre Kunden konnten Fragen stellen, Josefine stellte einen Kontakt zur geistigen Welt her und Antworten standen sofort an. Es ging so schnell, dass Josefine erst gar nicht auf die Idee kommen konnte, irgendetwas zu manipulieren. Kunden stellten auch oft nur Testfragen, aber bei richtiger Interpretation hatte Josefine eine Trefferquote von 98 Prozent. Josefine Krodell war verheiratet und Mutter eines Sohnes. Bereits in ihrer Jugend sah sie außergewöhnliche Bilder vor ihrem geistigen Auge. Ungewöhnlich war auch, dass metallische Teile von ihrem Oberkörper regelrecht angezogen wurden und kleben blieben. Heute gab sie ihre Wahrnehmungen gern, gegen einen wirklich kleinen Beitrag, an ihre Kunden weiter. Irgendwie muss sie den richtigen

Weg gefunden haben, denn ihre Kundenzahl wuchs und wuchs. Ihr Mann Norbert und ihr Sohn Max haben eine ganz besondere Leidenschaft, die Josefine nur bedingt teilte. Zum einen war es eine riesige Autorennbahn auf dem ausgebauten Dachboden; Favorit von Max war dabei der Ferrari von

Michael Schumacher. Außerdem sammelten beide „Männer" im Haus noch Compact-Cassetten. Max war ganz besonders angetan von Abenteuer-Kassetten, der Vater sammelt die ersten Bänder der Welt ab dem Jahr 1963. Heute kam per Post wieder ein Päckchen mit zwei Kassetten. Max war noch in der Schule und Norbert in der Firma. Josefine nahm das Päckchen entgegen und packte es aus, um die beiden Bänder auf den Mittagstisch zu legen. Die Kassetten stammen von einem Händler nahe Nürnberg. Das Mittagessen brauchte noch etwa vierzig Minuten. Josefine setzte sich auf den Küchenstuhl, nahm eine Kassette in die Hand und schloss die Augen. Es war eine Jugend-Kassette, Fünf Freunde, aus dem Jahr 1975.

Allmählich sah Josefine verschwommene Bilder, dann wurden sie schärfer und schließlich sogar farbig. Sie sah, wie der kleine Bernd fröhlich aus Papas neuem Audi 100 stieg und in sein Zimmer stürme. In der Hand hielt er die brandneue Hörspiel-Kassette. Bernd legte die Kassette sofort in seinen Compact-Cassetten-Recorder ein. Ganz gespannt saß er nun auf seinem Bett und hörte die Geschichte von der Schatzinsel, auf der fünf Freunde ihre Erlebnisse hatten. Bernd hörte nicht, dass seine Mutter bereits zum vierten Mal zum Essen gerufen hatte. Plötzlich ging die Kinderzimmertür auf und da stand Mutter nun. Na, dachte Josefine: „Das ist ja wie bei Max so. Es wiederholt sich doch alles im Leben." Josefine stand auf und holte den Braten aus dem Ofen, in zwanzig Minuten würden ihre Männer eintreffen. Sie setzte sich wieder an den Küchentisch und betrachtete die andere Kassette. „Oh, endlich mal etwas für mich, ‚Twist im Star Club', eine Philips Kassette aus dem Jahr 1965", sagte Josefine so vor sich hin. Wieder sah Josefine alles ganz deutlich. Die

Musik spielte sehr laut. Zigarettenrauch machte das Wohnzimmer nebelig. Sie sah einen Wohnzimmerschrank in Palisander. Der Fernseher zeigte Schwarzweiß-Bilder. Darüber hing ein Kalender, der das Jahr 1966 anzeigte. Josefine sah alles aus den Augen einer auf der Couch sitzenden Person. „Gefällt dir die Kassette, Kurt?", fragte diese Person. Auf dem Tisch standen ein Käse-Igel und diverse Flaschen, wie Wein und Wodka. Ein Mann kam in den Raum, die Zigarette in der Hand, er war wohl angetrunken, hatte auffällige Tätowierungen am Arm. Er setzte sich ebenfalls auf die Couch. „Komm, Mädchen, sei nicht so zickig!", lallte der Mann. Für die Person, aus dessen Sicht Josefine alles sah, wurde es nun sehr ungemütlich. Es handelte sich um Beate Kramer. Josefine sah sogar ihren Ausweis, als Beate in ihrer Handtasche den Lippenstift suchte. Der Mann vergewaltigte Beate und erschlug sie dann mit der Wodka-Flasche. Überstürzt lief der Mann aus der Wohnung. Im Hausflur begegnete er Kurt, der aus dem Automaten um die Ecke Zigaretten ziehen wollte. „Na,

Gerd, wieder zu tief ins Glas geschaut? Ich habe heute Besuch von meiner neuen Flamme Beate!", sagte Kurt. Wortlos verließ Gerd das Gebäude. Josefine bekam einen Weinkrampf und sie schrie laut. „Schatz, was ist passiert!", fragte ihr Mann Norbert, der soeben in die Küche kam. Max kam hinzu. „Max, gehe bitte in dein Zimmer, hier ist deine Kassette, Mami hat sich wohl am Kochtopf verbrannt", sagte der Vater zum Sohn. Stunden später machte Josefine eine Aussage bei der Kripo. Tage später erhielt sie den Bescheid, dass der Mord aus dem Jahr 1966 an Beate Kramer nie aufgeklärt wurde. Kurt Degenhardt war zwar der Hauptverdächtige, aber seine Fingerabdrücke passten nicht zur Mordwaffe, der Wodka-Flasche. Kurt war beim Anblick seiner zukünftigen Frau so geschockt, dass er die Begegnung mit Gerd im Hausflur völlig vergaß. Jetzt wurde der mittlerweile 70-jährige Mann noch einmal vernommen und nach einem Mann mit auffälliger Tätowierung auf dem Arm gefragt. Er erinnerte sich an seinen Nachbarn Gerd Segmüller. Mord verjährte nie. Der 75 Jahre alte Gerd Segmüller wurde danach verhaftet. Josefine erholte sich nur langsam von dem Erlebnis. Sie war noch lange in Behandlung. Ihre Gabe, Medium zu sein, verlor sie. „Sie sollte sich wohl nur noch ganz auf ihre Familie konzentrieren", meinten ihre Kunden, die sehr traurig über das Geschehene waren.

Depression

Fred hatte seine Mutter nicht wirklich verstanden, er konnte es auch gar nicht, denn man muss schon ein Experte sein, um sich mit einer Depression auszukennen. Und doch hörte er sich immer alles an, was Mutter zu sagen hatte. Er sprach ganz ruhig mit ihr, wollte für eine Vertrauensbasis sorgen. Mutter sagte zu ihrer besten Freundin: „Ich bin immer sehr froh, wenn Fred zu mir kommt. Die anderen sind so hektisch und verlangen, dass ich auf andere Gedanken kommen soll. Aber das geht doch einfach nicht." Im Laufe der Zeit, die Gespräche wurden intensiver, erhielt Fred eine Vorstellung davon, was in seiner Mutter vorging. Er verstand immer mehr ihren Gemütszustand. Er las die Wünsche in ihren Augen. Immer tiefer tauchte Fred in diese andere Welt ein. Fred hatte einen guten Job, er war erfolgreich. Und dann kam, was Fred nie für möglich gehalten hätte, denn Fred war ein charakterstarker und lebensbejahender Mann, er fiel in eine Depression. Auslöser war der Tod seiner Frau, mit der er über dreißig Jahre durch dick und dünn ging. Kurz darauf folgte auch noch die Kündigung im Job. Und dann kam es immer näher und näher. Anfangs tat er es noch als ein Unwohlsein ab. Aber es war mehr. Plötzlich konnte Fred am eigenen Körper und im eigenen Geist erfahren, was Depression bedeutete. Heute fiel er in ein Loch, morgen war er wieder obenauf, ganz langsam schlich sich eine innere Unruhe an. Negative Gedanken kamen auf; früher konnte er seine Gedanken steuern, im richtigen Augenblick abschalten, zu einem anderen Zeitpunkt einschalten. Probleme zum richtigen Zeitpunkt zu lösen, das war Freds Stärke. Auch für andere war er immer bereit. Plötzlich waren Gedanken da, die ihn hinunterzogen. Lohnte sich das Leben noch? Wozu sollte er die Wohnung säubern? Der Pullover musste nur warm sein, wie er aussah, spielte doch keine Rolle! Warum sollte er heute überhaupt aufstehen? Fred empfand das Leben als sinnlos. Morgens bekam er Brechreiz. Schon die Zahnbürste im Mund verursachte eine Übelkeit. Seine geliebten Eier mit Speck mochte er überhaupt nicht mehr. Fred zitterte am ganzen Körper, er wollte sich einfach nur verkriechen. Früher, als seine Frau noch lebte, war er morgens fit. Heute zog Fred sich die Bettdecke höher, verdunkelte das Zimmer und zog sich zurück in seine Träume und Gedanken der Vergangenheit. Er wusste von seiner Mutter, dass auch dieser Zustand nicht lange anhalten würde, demnächst würden die Gedanken über ihn herrschen. Die tägliche Arbeit verrichtete Fred mit Widerwillen, auch dazu wusste er, dass er bald völlig gleichgültig werden würde. Aus einem guten Glas Wein, würden bald einige Gläser werden. Früher wachte Fred nachts auf, drehte sich um, hörte das Schnorcheln seiner Frau und schlief mit guten Gedanken wieder ein. Heute lag er lange wach, die Gedanken steuerten ihn. Ein Teufelskreislauf sollte beginnen. „Stopp!", schrie er eines Tages. „Wie habe ich meiner Mutter geholfen?" Und nun hielt sich Fred an die eigenen Ratschläge, die er seiner Mutter und anderen lieben Menschen gegeben hatte. Er öffnete die Fenster, atmete tief durch, sah den Sonnenaufgang.

Jetzt rief er seinen alten Schulfreund Bernd an. Er zwang sich, aus dem Haus zu gehen, suchte die Kommunikation. Er ließ das Radio spielen, den ganzen Tag, aber ein Sender mit Moderation musste es sein. So hatte Fred auch das Gefühl, dass er nicht allein auf dieser Welt war. Es dauerte noch sehr lange, bis Fred sich wieder ganz gefangen hatte. Nun wohnte er in einer anderen Stadt, im Café um die Ecke war er ein gern gesehener Gast. Auch hatte Fred eine neue Aufgabe für sich entdeckt. Er nahm an Seminaren für die begleitende Seelsorge teil. Er war prädestiniert dafür, andere zu verstehen, zuzuhören, Ruhe zu vermitteln und vor allem, sich selbst zu verstehen. Es war eine höchst verantwortungsvolle Tätigkeit, denn Menschen in Not sollten und wollten nie allein gelassen werden.

Die Krankheit, die jeden schafft

Mein Name ist Bruno Müller. Ich arbeite als Journalist und recherchiere über eine Krankheit, die jeden in die Knie zwingt, ob Betroffener oder Helfer. Heute treffe ich mich mit Bernd Segbrecht. Er möchte seine Erfahrungen an meine Leser weitergeben. „Herr Segbrecht, was kann ich für Sie tun?", fragte ich. „Ich möchte Ihnen und Ihren Lesern eine kleine Geschichte aus meinem Leben erzählen", antwortete er und fuhr fort: „Es war im Jahr 2010, meine Frau und ich verlebten wie in jedem Jahr unseren Urlaub auf Mallorca. Es ist eine wunderbare Insel, wir kennen dort jeden Grashalm. Wie jeden Morgen sorgte ich für den Frühstückstisch, meine Frau führte unseren Boxer aus und besorgte die Brötchen. Sie fragte an diesem Morgen, in welche Richtung sie gehen müsste. Ich flachste und sagte, der Sonne entgegen, rechts herum. Die Tage vergingen, das Brötchenholen dauerte immer länger. Sie habe den Bäcker nicht gleich gefunden, sagte mir meine Frau Elisabeth. Irgendetwas hatte sich verändert. Warum merkte ich das nicht zu Hause?

Etwa, weil es immer einen gewohnten Ablauf gab? Drei Tage vor dem Ende des Urlaubs folgte ich Elisabeth heimlich. Ich bemerkte, dass sie an beiden Kreuzungen lange überlegte, ob es nach rechts, links oder geradeaus ging. Das Gleiche geschah auf dem Rückweg, prompt ging sie an unserer Ferienwohnung vorbei. Wieder zurück in Bremen, wollte ich unseren Hausarzt konsultieren. Aber unser Leben ging ganz normal weiter, nichts war zu merken. Lediglich sprach sie mich hin und wieder mit dem Namen ihres verstorbenen Ehemanns Erich an, aber ich sah ihm auch etwas ähnlich, das war wohl verständlich. Bei einer Routineuntersuchung stellte ich unserem Hausarzt dann doch die Frage: Ist es Demenz? Es sei wohl eine normale Altersvergesslichkeit, so der Arzt. So richtig befriedigte mich diese Antwort nicht. Ja, ich hatte Angst. Sogleich begann ich, jeden Tag mit meiner Frau ein Gedächtnistraining durchzuführen, täglich mindestens zwei Stunden. Fragen wie: Wer sind deine Kinder? Was hast du erlernt? Wo waren wir im Urlaub? Wie viel ist 11x8? oder Wo liegt

Boston? Bei Treffen unter Freunden flachste Elisabeth immer, dass sie sich gut an die alte Zeit erinnern könnte, aber für genaue Daten sei ich zuständig. Liebevoll nannte sie mich dann immer ihre ‚Auslagerungsdatei'. Die Zeit verging, das Training wurde Tag für Tag durchgeführt, die Urlaube wurden komplizierter. Zweimal half mir der Vermieter der Ferienwohnung bei der Suche nach meiner Frau, einmal die Polizei. Immer häufiger stellte ich fest, dass das soeben Geschehene nicht mehr da war. Eigenartiger Weise jedoch, waren Diskussionen und Gespräche sinnvoll und kompetent. Für mich widersprach sich das, die Intelligenz war da, das Erinnern nicht. Trauriger Weise, aber letztendlich richtig, diagnostizierte ein Experte eine beginnende Demenz. Tatsächlich war ich der Meinung, wir wären seit Jahren mittendrin. Ein kleiner Trost für mich, durch unser tägliches Üben, verschob sich wohl der Ausbruch zeitlich nach hinten. Alles was möglich war, wurde nun in unser Leben gepackt. Ich gab meinen Job auf. Wir reisten, besuchten die Oper, verbrachten noch mehr Zeit miteinander.

Aber die Krankheit wurde stärker und stärker. Orientierungslosigkeit in der Nacht führte zu vielen Reparaturen im Haus. Elisabeth konnte nichts dafür, sie suchte nur das WC. Erklärte mir auch genau, wo es war, nur mit dem Unterschied, sie wähnte es in unserer ersten Wohnung. Nun half ich meiner Frau, um zwei Uhr in

der Nacht, aus dem Schuhkeller. Manchmal verschwand sie nachts im Garten – und das im Winter. Es gab Medikamente, aber die Krankheit übernahm sie mehr und mehr. Innerhalb eines halben Jahres verschlimmerte sich der Zustand. Ihr Gang änderte sich, er war nun nach vorn gebeugt, alles wurde steifer, langsamer und orientierungsloser. Die Stimmlage änderte sich ebenfalls, aus der lieblich hohen Stimme wurde manchmal eine tiefe Männerstimme. Unser Training wurde weiterhin durchgeführt, die Spaziergänge hingegen seltener, denn es kam eine enorme Arbeit auf mich zu. Man musste sich dessen bewusstwerden, was vorher zwei taten und jetzt von einem zu erledigen war. Gardinen waschen, Spülen, Saugen,

Wischen, Wäsche waschen, bügeln, Einkaufen, Fenster putzen und so weiter. Man glaubte es kaum! Und dann noch die Reparaturen, die anfielen. Mit dem Eierkocher konnte man auch die Kaffeekanne erwärmen, in der Spülmaschine ließ sich ein Pullover waschen, nur vertrug der Wasserkocher nicht, dass er auf der Herdplatte erhitzt wurde und so brannte es in der Küche. Das Abschalten der Sicherungen brachte nichts, denn das gehörte zum Langzeitgedächtnis. Jetzt war alles verschraubt. Was ich damit sagen wollte, man rechnete mit vielen Dingen gar nicht. Ärgern half nichts, Elisabeth wurde dann aggressiv. Also blieb nur übrig, freundlich zu bleiben und die Arbeiten zu erledigen. Und das rund um die Uhr! Ich hatte einen tiefen Schlaf, Elisabeth nicht, nun warnten mich laute Bewegungsmelder, was Elisabeth gerade machte – um zwei Uhr oder um vier Uhr. Man musste auch den Einkauf berücksichtigen oder das Auto musste gewaschen werden, auch war mal etwas bei der Bank oder Post zu erledigen. Die Arbeit wurde mehr, der Druck enorm und nicht zu vergessen, die Verantwortung. Anfang 2015 war ich mit den Nerven am Ende, auch die Kraft ließ nach, nun musste ich noch erwähnen, dass ich zu einhundert Prozent schwerbehindert bin, mit allen Buchstaben und so. Das bedeutete, raus aus dem Rollstuhl, etwas erledigen und rein in den Rollstuhl. Ich werde Sie, lieber Herr Müller, weiterhin informieren. Ich bin kein Arzt, aber sagen Sie Ihren Lesern, sobald die ersten Anzeichen auftreten, sollen sie sofort dagegen wirken. Und wenn es nur ein paar Monate oder ein Jahr ist, das Leben mit vollem Bewusstsein ist sehr, sehr kostbar. Heute habe ich zwei Zimmer in unserem Haus an eine nette Witwe vermietet. Sie hilft im Haushalt und im täglichen Leben. Wissen Sie, Herr Müller, einfach nur einmal ein Gespräch am Abend über Gott und die Welt zu führen, ist eine kleine Erholung, denn danach gibt der Bewegungsmelder wieder Alarm!"

Seelenraub

Ich wollte diesen Artikel in unserem Wochenblatt nicht veröffentlichen. Denn es gab Verletzungen, Kränkungen und Vertrauensbrüche. Aber man musste auch darauf aufmerksam machen, was passieren konnte, wenn man sich über sein Leben zwar Gedanken machte, sich aber nicht früh genug absicherte und nur an das Gute glaubte. Mich kontaktierte Herr Herbert M., er hat wohl einiges durchgemacht. Wir kannten uns aus der Redaktion. Als seine Ehefrau an Demenz erkrankte, trennte er sich von unserem Team. Zunächst erkannte ich Herbert überhaupt nicht mehr wieder. Er war alt geworden, abgemagert und seine Hände zitterten. „Herbert, bist du mit Edith und der Krankheit so sehr überlastet?", fragte ich ihn. „Ach, nein, auf keinen Fall", antwortete er und fuhr fort: „Nachdem meine Edith und ich von der Demenz erfahren hatten, legten wir den Turbo ein. Man kann im Leben nichts nachholen, aber ab dem Augenblick der Erkenntnis, lässt sich vieles verändern. Wir reisten viel, bummelten durch viele Städte und trafen noch einmal alle Freunde. Der Familie erzählten wir frühzeitig von der Krankheit und dem neuen Lebensweg. Ach, das wird schon wieder, sagten einige verlegen. Aber Edith und ich wussten, das wird nicht. Alle Arten von Gehirnjogging machten wir täglich, aber von Monat zu Monat wurde die Krankheit stärker, die Kondition, nicht nur von Edith, ließ nach. Unsere Reisen wurden gefährlicher. Nicht etwa durch einen Abenteuerurlaub, nein. Fand Edith wieder zurück, wenn sie mit Lilly, unserem Dackel, unterwegs war? Natürlich sicherten wir uns gegenseitig ab, aber man konnte gar nicht schlecht genug denken. Wir wurden von Ediths Sohn ständig beobachtet. Es war der Sohn aus erster Ehe. Als wir vor Jahren einmal Hilfe hätten gebrauchen können, war niemand zur Stelle, jetzt wartete er nur auf meine Fehler. Aber das wusste ich bis dahin nicht, dachte an das Gute und an ein zufriedenes Leben für Edith. Als mich dann eine Krankheit ereilte, ich in einer kurzen Schwächephase war, stand das Unheil vor der Tür. Mit großer Mühe bereitete ich den Tag für Edith und ihre Schulfreundin vor.

Mit unserer Hilfskraft legte ich mich ordentlich ins Zeug. Zwei Wochen war ich krank, Edith kam nur selten aus dem Haus, stürzte auch ein paar Mal im Wohnzimmer, allein wollte ich sie nicht gehen lassen. Der Tag des Treffens war ein großer Erfolg. Der Morgen danach eine riesige Katastrophe. Edith und ich waren erschöpft, wollten den ganzen Tag liegen bleiben. Dann kamen sie, was ich aber nicht wusste, mit zwei Fahrzeugen und drei Personen. Sie wollten nur mit Mutter zum Frühstücken, Edith wollte es nicht, ich auch nicht, aber es war schließlich ihr Sohn. Nicht richtig angezogen, nicht gewaschen, man nahm sie unter die Arme und raus aus dem Haus. Ihren Blick würde ich niemals mehr vergessen, ein Hilferuf. Ich dachte zwar immer noch an ein Frühstück, dann war mir aufgefallen, dass auch unser Hund nicht mehr da war. Das Haus war leer. Demenz, das bedeutete für Edith, dass das Kurzzeitgedächtnis nicht mehr da war. Edith erinnerte sich immer weniger an die letzten Tage und Wochen, sondern nur an die Tage der Arbeit und des Stresses. Man warf mir

eine nicht ausreichende Pflege vor, für ihr Fallen machte man mich verantwortlich und noch viel, viel mehr. Ich hinterfragte unser Leben, die Anstrengungen, ja, ich hinterfragte meine Existenz. Edith überlebte diesen Stress nicht, sie verstarb ein paar Wochen nach dem Raub, nicht in meinen Armen, sondern irgendwo in Deutschland."
„Herbert, das tut mir alles sehr leid", sagte ich. „Was mache ich mit deiner Geschichte?" „Veröffentliche sie, bitte. Es soll eine Warnung sein. Leute, sichert euch ab. Ruft auch die Polizei, wenn es nicht anders geht. Aber gegenseitige Absicherung ist das Allerwichtigste. Und habt einen Anwalt, der euch kennt!"